瑞蘭國際

從N5到N1，
一網打盡所有必考
句型文法

林士鈞老師　著

新日檢
句型‧文法
一本搞定！

序

　　開門見山，只要你在學日文、或是你要學日文，這是一本可以從開始用到最後的一本書。只要你打算考日語能力測驗，不管是N5還是N1，也都一定會用到這本書。以現在大家耳熟能詳的說法，本書C/P值超高。難得遇到性價比這麼優秀的一本書，各位客官：買了這本再說吧！

　　本書分三個單元，各是初級篇125個句型、中級篇235個句型、高級篇140個句型，共有500個句型。以一般日語教育來說，初級篇是學日文第一年會用到的句型、中級篇是學日文第二年會用到的句型、高級篇是學日文第三年會用到的句型。買一本用三年，夠本了吧！

　　三個單元、500個句型，每個句型再加上檢定級數區分，其中N5有30個句型、N4有93個句型，都在初級篇裡。N3有77個句型，有2個句型在初級篇，另外有75個句型在中級篇；N2有160個句型，在中級篇；N1有140個句型，在高級篇。怎麼樣，夠完整了吧！

　　如果是自我學習的讀者，依初、中、高級循序漸進即可。如果意在參加檢定，建議如下：考N5的讀者，就看N5範圍的30個句型即可；考N4的讀者，建議看完所有初級篇的內容；考N3的讀者，除了中級篇的75個句型外，建議確認初級篇是否都精熟了；考N2的讀者，除了N2

範圍的160個句型外，千萬不要忘了N3的句型，也就是中級篇必須全都看熟；考N1的讀者則是除了高級篇所有的140個句型以外，務必確認中級篇的內容是否都會了，因為N1的考題中，會有一半是和N2相關的喔！

　　非常感謝瑞蘭國際全體同仁一起幫我完成這本書。每次的謝辭都愈來愈短，這是因為每次的心意都是愈來愈大，大到愈來愈不知如何表達了。感謝讀者：有你們的存在，我們才能堅持下去；有你們的努力學習，我才有寫出好書的動力。祝進步、祝合格！

如何使用本書

新日檢考生可以這樣用：

　　本書精選必考句型500句，並分成三大單元，分別是「初級篇（N4、N5）」、「中級篇（N2、N3）」、「高級篇（N1）」，並在每個句型旁直接標注級數，不同程度的考生可依自己的需求熟讀。

依程度、五十音順排列
全書所有句型不僅區分出N5～N1新日檢考試級數，並依程度分為初、中、高級，就算不考新日檢，也可以依照自己的程度學習，學到哪裡，看到哪裡。此外，句型更依50音順序排列，方便隨時查詢。

一、初級篇（N4、N5）

二、中級篇（N2、N3）

三、高級篇（N1）

附錄

029 ～そう（2）　N4

意義 聽說～（表傳聞）

連接 【常體】＋そう

例句

> 天気予報によると、台風が来るそうです。
> 根據氣象報告，聽說颱風會來。

> 家族の手紙によると、東京はとても寒いそうです。
> 據家人的信，東京聽說非常冷。

> 新聞によると、あしたの天気は曇りだそうです。
> 根據報紙，聽說明天的天氣是陰天。

030 ～た後（で）　N5

意義 ～之後

連接 【動詞た形】＋後（で）

例句

> 授業が終わった後、遊びに行きましょう。
> 下課後去玩吧！

> ご飯を食べた後で、歯を磨きます。
> 吃完飯後刷牙。

> 運動した後で、ビールを飲みました。
> 運動後喝了啤酒。

MP3序號

日籍名師錄製標準東京腔MP3，收錄全書所有句型及例句，一邊聆聽一邊記憶，或是一邊聆聽一邊跟著複誦，讓學習更加分。

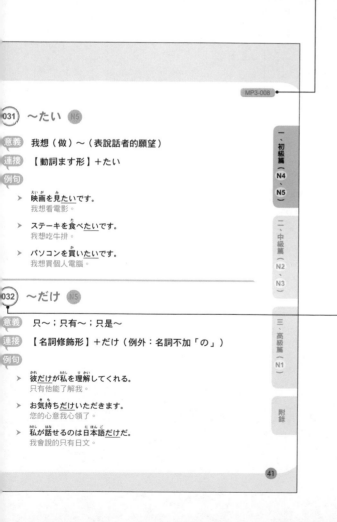

MP3-008

031 〜たい N5

意義 我想（做）〜（表說話者的願望）

連接 【動詞ます形】＋たい

例句

➤ 映画を見たいです。
我想看電影。

➤ ステーキを食べたいです。
我想吃牛排。

➤ パソコンを買いたいです。
我想買個人電腦。

032 〜だけ N5

意義 只〜；只有〜；只是〜

連接 【名詞修飾形】＋だけ（例外：名詞不加「の」）

例句

➤ 彼だけが私を理解してくれる。
只有他能了解我。

➤ お気持ちだけいただきます。
您的心意我心領了。

➤ 私が話せるのは日本語だけだ。
我會說的只有日文。

一、初級篇（N4、N5）

二、中級篇（N2、N3）

三、高級篇（N1）

附錄

必考句型500句

針對「日本國際教育支援協會」及「日本國際交流基金會」公布範圍，精選N5〜N1必考句型500句並統整分析，讓您不但能輕鬆準備檢定考試，還能運用在職場與生活中。

41

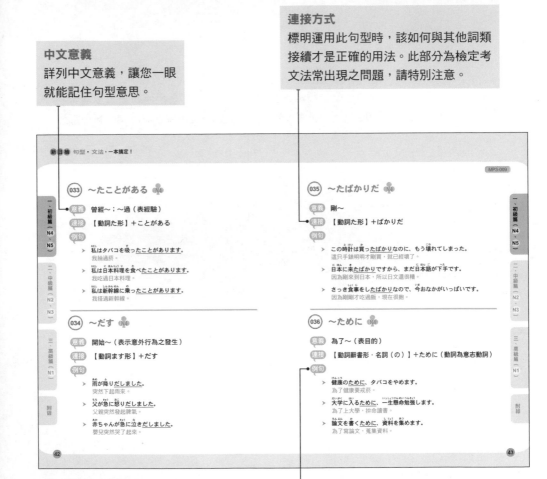

連接方式
標明運用此句型時，該如何與其他詞類
接續才是正確的用法。此部分為檢定考
文法常出現之問題，請特別注意。

中文意義
詳列中文意義，讓您一眼
就能記住句型意思。

生活化例句
每句型皆有3個例句，全書共有1500個生活化例句，易懂又實用，
不僅協助您從中學習不同的用法以及和其他詞類接續的方式，還
可靈活運用於寫作上，增加造句能力，亦可熟悉考試題型。

初學者可以這樣用：

　　本書以表格式整理基礎文法，初學者可以先翻到附錄，熟悉文法之後再從句型的初級篇看起，循序漸進至中級、高級，逐步累積日語實力。

日語中各詞類變化
詳細整理名詞、イ形容詞、ナ形容詞、動詞的接續及變化方式，可以迅速理解各詞類的變化規則。

例句
運用日文例句以及中文翻譯，讓您學完文法馬上有能力自己造句，並檢測是否融會貫通。

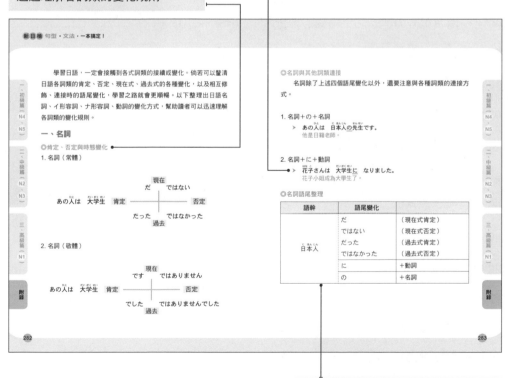

表格式的整理
運用表格整理方式，讓您輕鬆了解文法變化，學習更有效率。

目錄

二、中級篇（N2、N3）　89

三、高級篇（N1） 209

附錄：日語中各詞類的變化　281

凡例

　　正式進入文法句型之前，請先記住以下各種詞性的變化以及連接形式，這樣就可以更快速地瞭解相關句型的連接方式！

（一）文體類

敬體

詞性	現在肯定	現在否定	過去肯定	過去否定
動詞	書_かきます	書きません	書きました	書きませんでした
イ形容詞	高_{たか}いです	高くないです	高かったです	高くなかったです
ナ形容詞	元気_{げんき}です	元気ではありません	元気でした	元気ではありませんでした
名詞	学生_{がくせい}です	学生ではありません	学生でした	学生ではありませんでした

常體

詞性	現在肯定	現在否定	過去肯定	過去否定
動詞	書_かく	書かない	書いた	書かなかった
イ形容詞	高_{たか}い	高くない	高かった	高くなかった
ナ形容詞	*元気_{げんき}だ	元気ではない	元気だった	元気ではなかった
名詞	*学生_{がくせい}だ	学生ではない	学生だった	学生ではなかった

（二）接續類

名詞修飾形

詞性	現在肯定	現在否定	過去肯定	過去否定
動詞	書^かく	書^かかない	書^かいた	書^かかなかった
イ形容詞	高^{たか}い	高^{たか}くない	高^{たか}かった	高^{たか}くなかった
ナ形容詞	*元気^{げんき}な	元気^{げんき}ではない	元気^{げんき}だった	元気^{げんき}ではなかった
名詞	*学生^{がくせい}の	学生^{がくせい}ではない	学生^{がくせい}だった	学生^{がくせい}ではなかった

* 常體和名詞修飾形的差異只在於ナ形容詞和名詞的現在肯定用法，例如「元気^{げんき}だ」和「元気^{げんき}な」、「学生^{がくせい}だ」和「学生^{がくせい}の」。

（三）動詞變化類

動詞辭書形：書^かく

動詞ます形：書^かき

動詞ない形：書^かかない

動詞た形：書^かいた

動詞て形：書^かいて

動詞ている形：書^かいている

動詞假定形：書^かけば

動詞意向形：書^かこう

動詞まい形：書^かくまい

動詞被動形：書^かかれる

動詞使役形：書^かかせる

動詞使役被動形：書^かかせられる / 書^かかされる

動詞命令形：書^かけ

動詞禁止形：書^かくな

（四）特殊用詞

各詞類辭書形：書<ruby>書<rt>か</rt></ruby>く・高<ruby>高<rt>たか</rt></ruby>い・元気<ruby>元気<rt>げんき</rt></ruby>・学生<ruby>学生<rt>がくせい</rt></ruby>

（不只動詞，泛指所有詞類之基本型態）

各詞類假定形：書<ruby>書<rt>か</rt></ruby>けば・高<ruby>高<rt>たか</rt></ruby>ければ・元気<ruby>元気<rt>げんき</rt></ruby>なら・学生<ruby>学生<rt>がくせい</rt></ruby>なら

（不只動詞，泛指所有詞類之假定形）

各詞類て形：書<ruby>書<rt>か</rt></ruby>いて・高<ruby>高<rt>たか</rt></ruby>くて・元気<ruby>元気<rt>げんき</rt></ruby>で・学生<ruby>学生<rt>がくせい</rt></ruby>で

（不只動詞，泛指所有詞類之て形）

一、初級篇
（N4、N5）

一、初級篇（N4、N5）

二、中級篇（N2、N3）

三、高級篇（N1）

附錄

001 ～間（に） N4

意義 ～時；～期間

連接 【名詞修飾形】＋間（に）

例句

> わたしは夏の間、ずっと日本にいました。
> 我夏天期間一直都在日本。

> わたしが旅行している間、猫はずっと隣りのうちにいました。
> 我在旅遊期間，貓一直在隔壁家。

> わたしがギターを練習している間に、雨がやみました。
> 我在練吉他的時候，雨停了。

002 あまり～ない N5

意義 不太～

連接 あまり＋【各詞類之否定形】

例句

> 日曜日はあまり勉強しません。
> 我星期天不太讀書。

> きょうはあまり寒くないです。
> 今天不太冷。

> この辞書はあまりよくないです。
> 這本字典不太好。

003 ～（よ）う ♣ N4

意義 ～吧！（句型 **101**「～ましょう」之常體說法，表提議）

連接 動詞 → 【動詞意向形】

例句

➤ お茶でも飲みましょう。 → お茶でも飲もう。
喝杯茶吧！

➤ さあ、行きましょう。 → さあ、行こう。
啊，走吧！

➤ じゃ、食べましょう。 → じゃ、食べよう。
那麼，吃吧！

004 ～（よ）うと思う ♣ N4

意義 想要～

連接 【動詞意向形】＋と思う

例句

➤ 今夜は早く寝ようと思います。
今天晚上想要早點睡。

➤ あしたは外食しようと思います。
明天想去外面吃飯。

➤ 今度の日曜日、友達に会いに行こうと思います。
這個星期天想要去見朋友。

(005) 〜（よ）うとする ♣ N4

意義 正要〜

連接 【動詞意向形】＋とする

例句

➤ 寝ようとした時、電話がかかってきました。
正要睡覺時，電話打來了。

➤ 会社を出ようとした時、社長に呼ばれました。
正要出公司時，被社長叫住了。

➤ お風呂に入ろうとした時、電話のベルが鳴りました。
正要洗澡時，電話鈴響了。

(006) お〜する ♣ N4

意義 動詞敬語（謙讓語）

連接 お＋【動詞ます形】＋する

例句

➤ 書きます → お書きします
寫 → 我來寫

➤ 読みます → お読みします
唸 → 我來唸

➤ 持ちます → お持ちします
拿 → 我來拿

007 お～ください 🍀 N4

意義 請～（句型 **047**「～てください」之尊敬語）

連接 お＋【動詞ます形】＋ください

例句

➤ 書いてください → お書きください
請寫 → 請您寫

➤ 読んでください → お読みください
請唸 → 請您唸

➤ 持ってください → お持ちください
請拿 → 請您拿

008 お～になる 🍀 N4

意義 動詞敬語（尊敬語）

連接 お＋【動詞ます形】＋に＋なる

例句

➤ 書きます → お書きになります
寫 → 您來寫

➤ 読みます → お読みになります
唸 → 您來唸

➤ 持ちます → お持ちになります
拿 → 您來拿

(009) ～おわる N4

意義 ～完

連接 【動詞ます形】＋おわる

例句

> ご飯を食べおわりました。
> 吃完飯了。

> 作文を書きおわった人は出してください。
> 寫完作文的人請交上來。

> 仕事をしおわりました。
> 把工作做完了。

(010) ～が N5

意義 雖然～但是～（逆態接續）

連接 【敬體・常體】＋が

例句

> 太郎を呼びましたが、まだ来ていません。
> 叫了太郎，但是還沒來。

> 値段は高いが、質はよくありません。
> 價格很貴，但是品質不好。

> 勉強したが、成績はひどかった。
> 讀了書，但是成績很糟。

011 〜がする N4

意義 發出〜；傳出〜

連接 【名詞】＋が＋する

例句

➤ このケーキは紅茶の匂いがする。
這個蛋糕有紅茶香。

➤ 廊下から変な音がします。
從走廊傳來怪聲音。

➤ これ、ちょっと変な味がします。
這個，味道有點怪怪的。

012 〜ができる N4

意義 可以〜；能夠〜（表能力）

連接 【名詞】＋が＋できる

例句

➤ 飛行機の運転ができます。
會開飛機。

➤ 彼女は韓国語ができます。
她會韓文。

➤ ロボットはどんな仕事もできます。
機器人什麼工作都會做。

013 ～がほしい N5

意義 我想（要）～（表說話者的願望）

連接 【名詞】＋が＋ほしい

例句

➤ 車_{（くるま）}がほしいです。
我想要車子。

➤ スマホがほしいです。
我想要智慧型手機。

➤ パソコンがほしいです。
我想要個人電腦。

014 ～かもしれない ♣

意義 也許～；說不定～

連接 【常體】＋かもしれない（名詞・ナ形容詞不加「だ」）

例句

➤ あしたは雨_{（あめ）}かもしれない。
明天有可能會下雨。

➤ 電車_{（でんしゃ）}が少_{（すこ）}し遅_{（おく）}れるかもしれません。
電車說不定會稍微誤點。

➤ 田中_{（たなか）}さんが来_{（く）}るかもしれない。
田中先生也許會來。

(015) 〜から (N5)

意義 因為〜，所以〜

連接 【敬體・常體】＋から

例句

> 暑いですから、窓を開けてください。
> 因為很熱，所以請把窗戶打開。

> いい天気ですから、散歩に行きましょう。
> 因為天氣很好，去散步吧！

> 危ないから、そっちへ行ってはいけない。
> 因為很危險，所以不能去那裡。

(016) 〜ことがある ／ 〜ないことがある ♣ N4

意義 有時〜；偶爾〜 / 有時沒〜；偶爾沒〜

連接 【動詞辭書形・動詞ない形】＋ことがある

例句

> 朝ごはんを食べないで、会社へ行くことがあります。
> 有時候會不吃早餐就去公司。

> 学校まで近いので、ときどき自転車で行くことがあります。
> 因為離學校很近，所以偶爾會騎自行車去。

> 朝寝坊して、ジョギングしないことがあります。
> 有時候會睡過頭沒去慢跑。

⑰ ～ことができる ♣ N4

意義　會～；能～（表能力）

連接　【動詞辭書形】＋ことができる

例句

➤ 田中さんは中国語を話すことができます。
田中先生會說中文。

➤ あの人はピアノを弾くことができます。
那個人會彈鋼琴。

➤ 私は漢字を読むことができます。
我會唸漢字。

⑱ ～にする ／ ～ことにする ♣ N4

意義　要～；決定～

連接　【名詞】＋にする ／【動詞辭書形・動詞ない形】＋ことにする

例句

➤ わたしはコーヒーにします。
我要咖啡。

➤ 冬休みに日本へ行くことにしました。
決定寒假去日本。

➤ 夏休みは国へ帰らないことにしました。
暑假決定不回國。

019 ～ことになる ♣ N4

意義 要～；會～（表確定的事情）

連接 【動詞辭書形・動詞ない形】＋ことになる

例句

➤ わたしは来年、結婚することになりました。
我明年要結婚了。

➤ 9月から大学に入ることになりました。
九月起就要上大學了。

➤ 来月からここには駐車できないことになりました。
下個月開始這裡就不能停車了。

020 ～を～（さ）せる（自動使役句） ♣ N4

意義 要～；讓～

連接 自動詞 → 【動詞使役形】

例句

➤ 先生は太郎を立たせました。
老師要太郎站起來。

➤ 先生は子どもを帰らせました。
老師要小孩回家。

➤ 社長は田中さんをアメリカへ出張させました。
社長要田中先生去美國出差。

(021) 　**～に～を～（さ）せる（他動使役句）** N4

意義　要～；讓～

連接　他動詞　→　【動詞使役形】

例句

➤ 母は太郎ににんじんを食べさせました。
媽媽要太郎吃紅蘿蔔。

➤ お父さんは子どもに部屋を掃除させました。
父親要小孩打掃房間。

➤ 社長は社員に日曜日も仕事をさせました。
社長要員工星期天也工作。

---

(022) 　**～（さ）せられる / ～される（使役被動句1）** N4

意義　被逼～；受迫～

連接　動詞　→　【動詞使役形】　→　【動詞使役被動形】

例句

➤ 田中さんは社長にお酒を飲ませられました（飲まされました）。
田中先生被社長灌酒。

➤ 弟は母にんじんを食べさせられました。
弟弟被母親逼著吃紅蘿蔔。

➤ 太郎君は先生に部屋を掃除させられました。
太郎同學被老師叫去掃房間。

(023) ～（さ）せてください N4

意義 請讓我～

連接 【動詞使役形】 → 【動詞て形】＋ください

例句

➤ 用事があるので、きょうは早く帰らせてください。
因為有事情，所以今天請讓我早點回去。

➤ すみませんが、電話をかけさせてください。
不好意思，請讓我打通電話。

➤ 少し考えさせてください。
請讓我稍微想一下。

(024) ～し N4

意義 因為～因為～（原因理由的並列）

連接 【常體】＋し

例句

➤ 彼はまじめだし、熱心だし、早く日本語が上手になると思います。
因為他很認真、又很積極，所以我想日文很快就會變得很厲害。

➤ 経験もないし、パソコンも使えないし、この仕事は無理です。
因為沒有經驗、又不會用電腦，所以這個工作沒辦法做。

➤ きょうは仕事もあるし、雨も降っているし、野球はやめましょう。
因為今天有工作、又在下雨，所以不打棒球了吧！

(025) ～しか～ない N5

意義 只有～；只好～

連接 【名詞】＋しか（～ない）

例句

➤ 教室に３人しかいません。
教室裡只有三個人。

➤ 今朝はパンしか食べませんでした。
今天早上只吃了麵包。

➤ 私は日本語しかわかりません。
我只懂日文。

(026) ～すぎる N4

意義 太～

連接 【動詞ます形・イ形容詞（～い）・ナ形容詞】＋すぎる

例句

➤ 食べすぎて、おなかが痛くなりました。
吃太多，肚子痛了。

➤ ここは静かすぎて、ちょっとさびしいです。
這裡太安靜，有點寂寞。

➤ このチョコレートはちょっと甘すぎます。
這個巧克力太甜了點。

(027) 〜くする / 〜にする (N5)

意義 使〜變得；使〜變成

連接 【イ形容詞（〜い）＋く・ナ形容詞＋に・名詞＋に】＋する

例句

➤ このスカートを少し短<ruby>短<rt>みじか</rt></ruby>くしてください。
請把這條裙子稍微改短點。

➤ 部屋を掃除<ruby>掃除<rt>そうじ</rt></ruby>して、きれいにしましょう。
打掃房間，把房間弄乾淨吧！

➤ ご飯<ruby>飯<rt>はん</rt></ruby>の量<ruby>量<rt>りょう</rt></ruby>を半分<ruby>半分<rt>はんぶん</rt></ruby>にしてください。
飯量請減半。

---

(028) 〜そう（1） ♣ N4

意義 看起來〜；就要〜（表樣態）

連接 【動詞ます形・イ形容詞（〜い）・ナ形容詞】＋そう

例句

➤ 雨<ruby>雨<rt>あめ</rt></ruby>が降<ruby>降<rt>ふ</rt></ruby>りそうです。
看起來要下雨了。

➤ これはおいしそうです。
這個看起來好好吃。

➤ かばんが落<ruby>落<rt>お</rt></ruby>ちそうです。
包包就要掉下來了。

029 〜そう（2） ♣ N4

意義 聽說〜（表傳聞）

連接 【常體】＋そう

例句

➤ 天気予報（てんきよほう）によると、台風（たいふう）が来（く）るそうです。
　根據氣象報告，聽說颱風會來。

➤ 家族（かぞく）の手紙（てがみ）によると、東京（とうきょう）はとても寒（さむ）いそうです。
　據家人的信，東京聽說非常冷。

➤ 新聞（しんぶん）によると、あしたの天気（てんき）は曇（くも）りだそうです。
　根據報紙，聽說明天的天氣是陰天。

030 〜た後（あと）（で） N5

意義 〜之後

連接 【動詞た形】＋後（あと）（で）

例句

➤ 授業（じゅぎょう）が終（お）わった後（あと）、遊（あそ）びに行（い）きましょう。
　下課後去玩吧！

➤ ご飯（はん）を食（た）べた後（あと）で、歯（は）を磨（みが）きます。
　吃完飯後刷牙。

➤ 運動（うんどう）した後（あと）で、ビールを飲（の）みました。
　運動後喝了啤酒。

031 ～たい N5

意義 我想（做）～（表說話者的願望）

連接 【動詞ます形】＋たい

例句

➤ 映画を見たいです。
我想看電影。

➤ ステーキを食べたいです。
我想吃牛排。

➤ パソコンを買いたいです。
我想買個人電腦。

032 ～だけ N5

意義 只～；只有～；只是～

連接 【名詞修飾形】＋だけ（例外：名詞不加「の」）

例句

➤ 彼だけが私を理解してくれる。
只有他能了解我。

➤ お気持ちだけいただきます。
您的心意我心領了。

➤ 私が話せるのは日本語だけだ。
我會說的只有日文。

(033) ～たことがある N4

意義 曾經～；～過（表經驗）

連接 【動詞た形】＋ことがある

例句

➤ 私はタバコを吸ったことがあります。
我抽過菸。

➤ 私は日本料理を食べたことがあります。
我吃過日本料理。

➤ 私は新幹線に乗ったことがあります。
我搭過新幹線。

(034) ～だす N4

意義 開始～（表示意外行為之發生）

連接 【動詞ます形】＋だす

例句

➤ 雨が降りだしました。
突然下起雨來。

➤ 父が急に怒りだしました。
父親突然發起脾氣。

➤ 赤ちゃんが急に泣きだしました。
嬰兒突然哭了起來。

一、初級篇（N4、N5）

二、中級篇（N2、N3）

三、高級篇（N1）

附錄

一、初級篇（**N4**、**N5**）

二、中級篇（**N2**、**N3**）

三、高級篇（**N1**）

附錄

035 ～たばかりだ N4

 意義 剛～

 連接 【動詞た形】＋ばかりだ

 例句

➤ この時計_{とけい}は買<sub>か</sub ったばかりなのに、もう壊_{こわ}れてしまった。
這只手錶明明才剛買，就已經壞了。

➤ 日本_{にほん}に来_きたばかりですから、まだ日本語_{にほんご}が下手_{へた}です。
因為剛來到日本，所以日文還很糟。

➤ さっき食事_{しょくじ}をしたばかりなので、今_{いま}おなかがいっぱいです。
因為剛剛才吃過飯，現在很飽。

---

036 ～ために N4

 意義 為了～（表目的）

 連接 【動詞辭書形・名詞（の）】＋ために（動詞為意志動詞）

例句

➤ 健康_{けんこう}のために、タバコをやめます。
為了健康要戒菸。

➤ 大学_{だいがく}に入_{はい}るために、一生懸命勉強_{いっしょうけんめいべんきょう}します。
為了上大學，拚命讀書。

➤ 論文_{ろんぶん}を書_かくために、資料_{しりょう}を集_{あつ}めます。
為了寫論文，蒐集資料。

一、初級篇（N4、N5）

二、中級篇（N2、N3）

三、高級篇（N1）

附錄

037 〜たら N4

意義 〜的話（表假定）

連接 【動詞た形】＋ら

例句

> お酒を飲んだら、運転しないでください。
> 喝了酒的話，請不要開車。

> 雨が降ったら、行きません。
> 下雨的話，就不去。

> 日本人とたくさん話したら、日本語が上手になります。
> 多和日本人說話，日文就會變好。

038 〜たらいい ／ 〜といい ／ 〜ばいい N4

意義 〜的話就好

連接 【動詞た形＋ら・動詞辭書形＋と・動詞假定形】＋いい

例句

> 日本語のことなら、あの先生に聞けばいいです。
> 日文的問題的話，問那位老師就好。

> ステーキなら、あの店に行くといいですよ。おいしいですから。
> 牛排的話，去那家店就好。因為很好吃。

> 風邪なら、この薬を飲んだらいいです。
> 感冒的話，吃這個藥就好。

039 ～たり、～たりする N5

意義 又～又～（表動作舉例）

連接 【動詞た形】＋り、【動詞た形】＋りする

例句

➤ 日曜日にうちで本を読んだり、手紙を書いたりします。
星期天時會在家裡看書、寫信。

➤ 夜、本を読んだり、音楽を聞いたりします。
晚上會看書、聽音樂。

➤ クリスマスに友だちと歌を歌ったり、ケーキを食べたりします。
耶誕節時，和朋友唱歌、吃蛋糕。

---

040 ～だろう ♣ N4

意義 ～吧！（推測句型「～でしょう」的常體）

連接 【常體】＋だろう（名詞・ナ形容詞不加「だ」）

例句

➤ あしたもいい天気だろう。
明天也是好天氣吧！

➤ 木村さんは旅行に行かないだろう。
木村先生不去旅行吧！

➤ 10年後、子どもの数は少なくなるだろう。
十年後，小孩子的人數會變少吧！

(041) ～つづける N4

意義 持續～

連接 【動詞ます形】＋つづける

例句

➤ 父は20年も日記を書きつづけています。
父親持續寫日記寫了有二十年。

➤ 1日中歩きつづけて、足が痛くなりました。
一整天持續走路，腳痛了起來。

➤ 母はもう電話で友だちと3時間も話しつづけています。
母親已經和朋友講電話持續講了有三個小時。

(042) ～つもりだ N4

意義 打算～

連接 【動詞辭書形・動詞ない形】＋つもりだ

例句

➤ 日本で働くつもりです。
打算在日本工作。

➤ 国へは帰らないつもりです。
打算不回國。

➤ 今年、試験を受けるつもりです。
今年打算參加考試。

一、初級篇（N4、N5）

二、中級篇（N2、N3）

三、高級篇（N1）

附錄

(043) ～て / ～で N5

意義 因為～

連接 【動詞て形】/【イ形容詞（～い）＋く】＋て /【ナ形容詞・名詞】＋で

例句

➤ このコーヒーは熱くて飲めません。
這杯咖啡燙得沒辦法喝。

➤ 電車が遅れて、約束の時間に間に合いませんでした。
電車誤點，趕不上約定的時間。

➤ 事故でバスが遅れました。
因為車禍，公車延誤了。

---

(044) ～てあげる / ～てやる N4

意義 我幫～（行為授受，表示基於好意協助對方）

連接 【動詞て形】＋あげる・やる

例句

➤ 弟に日本語で手紙を書いてやります。
我幫弟弟用日文寫信。

➤ 林さんに英語で電話をかけてあげます。
我幫林先生用英文打電話。

➤ 田中さんにタバコを買ってあげました。
我幫田中先生買了香菸。

一、初級篇（N4、N5）

二、中級篇（N2、N3）

三、高級篇（N1）

附錄

045 〜てもらう ／ 〜ていただく N4

意義 我請〜（行為授受，表示感激）

連接 【動詞て形】＋もらう・いただく

例句

➤ 陳さんに日本語で手紙を書いてもらいます。
我請陳先生幫我用日文寫信。

➤ 先生に英語で電話をかけていただきました。
我請老師幫我用英文打了電話。

➤ 田中さんにジュースを買ってもらいました。
我請田中先生幫我買了果汁。

046 〜てくれる ／ 〜てくださる N4

意義 幫我〜（行為授受，表示感激）

連接 【動詞て形】＋くれる・くださる

例句

➤ 陳さんは日本語で手紙を書いてくれます。
陳先生幫我用日文寫信。

➤ 先生は英語で電話をかけてくださいました。
老師幫我用英文打了電話。

➤ 田中さんは雑誌を買ってくれました。
田中先生幫我買了雜誌。

(047) ～てください (N5)

意義 請～（表請託、輕微命令）

連接 【動詞て形】＋ください

例句

➤ 立ってください。
請站起來。

➤ もう少しゆっくり話してください。
請再稍微說慢一點。

➤ ここに名前を書いて、受付に出してください。
請在這裡寫上名字，交到櫃台。

(048) ～てくださいませんか ♣

意義 請～好嗎？（句型 (047)「～てください」之禮貌說法）

連接 【動詞て形】＋くださいませんか

例句

➤ テレビの音を小さくしてくださいませんか。
請將電視的聲音關小聲一點好嗎？

➤ もう少しゆっくり話してくださいませんか。
請再說慢一點好嗎？

➤ すみませんが、シャッターを押してくださいませんか。
不好意思，請幫我拍張照好嗎？

一、初級篇（N4、N5）

二、中級篇（N2、N3）

三、高級篇（N1）

附錄

049 ～てある N5

意義 ～有（表動作結束後，物品之結果狀態）

連接 【動詞て形】＋ある

例句

➤ かばんに名前が書いてあります。
書包上寫有名字。

➤ 壁に地図が貼ってあります。
牆上貼有地圖。

➤ プレゼントはもう買ってあります。
禮物已經買好了。

050 ～ている N5

意義 正在～；～著（表進行式、狀態、動作的反覆）

連接 【動詞て形】＋いる

例句

➤ 父はご飯を食べています。
父親正在吃飯。

➤ あの人は立っています。
那個人正站著。

➤ 陳さんは大学で勉強しています。
陳先生正在讀大學。

051 **～ていく** ♣ N4

意義 ～去（表由近而遠持續變化）

連接 【動詞て形】＋いく

例句

> 鳥が飛んでいきました。
> 鳥飛過去了。

> これから寒くなっていきます。
> 接下來會再冷下去。

> 子どもの数はだんだん減っていきます。
> 小孩的人數會漸漸減少下去。

---

052 **～てくる** ♣ N4

意義 ～來（表由遠而近持續變化）

連接 【動詞て形】＋くる

例句

> 鳥が飛んできました。
> 鳥飛過來了。

> だんだん寒くなってきました。
> 漸漸變冷了起來。

> 最近、風邪気味の人が増えてきました。
> 最近，有點感冒的人多了起來。

053 ～ておく ♣ N4

意義 先～（表事前準備、事後處置、維持原狀）

連接 【動詞て形】＋おく

例句

➤ パーティーの前にビールを買っておきます。
宴會前先買好啤酒。

➤ 授業の前に、予習しておきます。
上課前先預習好。

➤ 食事が終わったら、食器を洗っておきます。
吃完飯後先洗好碗盤。

054 ～てしまう ♣ N4

意義 ～完了（表動作全部完成、或說話者心中遺憾的感覺）

連接 【動詞て形】＋しまう

例句

➤ 会議の資料はコピーしてしまいました。
會議的資料全都印好了。

➤ 田中さんが持ってきたワインは全部飲んでしまいました。
田中先生帶來的紅酒全部喝完了。

➤ レストランに傘を忘れてしまいました。
把傘忘在餐廳裡了。

055 **〜てみる** ♣ N4

意義 試著〜；〜看看（表嘗試）

連接 【動詞て形】＋みる

例句

➤ 日本語で手紙を書いてみます。
試著用日文寫信。

➤ 新しいシャツを着てみます。
穿穿看新襯衫。

➤ 日本語で説明してみます。
用日文說明看看。

056 **〜てから** N5

意義 〜之後（強調先後順序）

連接 【動詞て形】＋から

例句

➤ 手を洗ってから、ご飯を食べます。
洗手後吃飯。

➤ ご飯を食べてから、少し休みます。
吃完飯後，稍事休息。

➤ お風呂に入ってから、寝ます。
洗完澡後睡覺。

057　〜てはいけない ♣ N4

意義　不可以〜（表禁止）

連接　【動詞て形】＋はいけない

例句

➤ 教室でタバコを吸ってはいけません。
不可以在教室裡抽菸。

➤ ここに座ってはいけません。
不可以坐在這裡。

➤ 鉛筆で書いてはいけません。
不可以用鉛筆寫。

058　〜ても ／ 〜でも ♣ N4

意義　就算〜也〜（表逆態接續）

連接　【動詞て形・イ形容詞（〜ｲ）＋くて・ナ形容詞＋で・名詞＋で】＋も

例句

➤ このような言葉は辞書を引いても、わかりません。
這種字就算查字典我也不知道。

➤ あんなものは安くても買いません。
那種東西就算便宜我也不買。

➤ あしたは雨でも行きます。
明天就算下雨我也要去。

059 ～てもいい / ～てもかまわない N4 ♣

意義 ～也沒關係；可以～（表許可）

連接 【動詞て形】＋もいい・もかまわない

例句

➤ ここで食べてもいいです。
可以在這裡吃東西。

➤ ここに座ってもいいです。
可以坐在這裡。

➤ 鉛筆で書いてもかまいません。
用鉛筆寫也沒關係。

---

060 ～と N4 ♣

意義 一～就～（表必然的結果）

連接 【動詞辭書形】＋と

例句

➤ 春になると、花が咲きます。
一到春天，花就會開。

➤ このボタンを押すと、ドアが開きます。
按下這個按鈕，門就會打開。

➤ 右へ曲がると、郵便局があります。
往右轉，就會有郵局。

061 AとBと、どちらが〜 ♣ N4

意義 A和B，哪一個〜？

連接 【名詞】＋と＋【名詞】＋と、どちらが＋【形容詞】

例句

➤ 紅茶とコーヒーと、どちらがいいですか。
紅茶和咖啡，你要哪一個呢？

➤ 月曜日と火曜日と、どちらが都合がいいですか。
星期一和星期二，哪一天方便呢？

➤ 牛肉と鶏肉と、どちらが好きですか。
牛肉和雞肉，你喜歡哪一個？

062 〜と言う ♣ N4

意義 說〜（表引述）

連接 【常體】＋と言う

例句

➤ 王さんは野球の試合をはじめて見たと言いました。
王先生說第一次看了棒球比賽。

➤ 太郎は早くおばあさんに会いたいと言いました。
太郎說很想早點和奶奶見面。

➤ 田中さんは、あした私の家に来ると言いました。
田中先生說明天要來我家。

063 AというB **N5**

意義 叫做A的B

連接 【名詞】＋という＋【名詞】

例句

➤ 木村一郎という人を知っていますか。
你認識一個叫做木村一郎的人嗎？

➤ 大阪の「堺」というところへ行ってきました。
去了一趟大阪叫做「堺」的這個地方。

➤ 昔々、桃太郎という男の子がいました。
很久很久以前，有一個叫做桃太郎的男孩。

---

064 ～と思う **N4**

意義 我覺得～；我認為～（表意見）

連接 【常體】＋と思う

例句

➤ あの人はいい人だと思います。
我覺得那個人是好人。

➤ きのうの試験は簡単だったと思います。
我覺得昨天的考試很簡單。

➤ あの人はもう来ないと思います。
我覺得那個人已經不會來了。

065 〜とき N5

意義 〜的時候

連接 【名詞修飾形】＋とき

例句

➤ 祖母は新聞を読むとき、めがねをかけます。
　そぼ　しんぶん　よ
祖母看報紙的時候會戴眼鏡。

➤ 12歳のとき、はじめて日本へ行きました。
　じゅうにさい　　　　　　にほん　い
十二歲的時候第一次去了日本。

➤ ご飯を食べたとき、「ごちそうさま」と言います。
　はん　た
吃完飯時要說「我吃飽了」。

066 〜ところ N4

意義 正要〜；正在〜；剛〜

連接 【動詞辭書形・動詞ている形・動詞た形】＋ところ

例句

➤ これから出かけるところです。
　　　　　で
現在正要出門。

➤ 今、手紙を書いているところです。
　いま　てがみ　か
現在正在寫信。

➤ 今、帰ってきたところです。
　いま　かえ
現在剛回到家。

067 〜な  N4

意義 不要〜！（動詞禁止形）

連接 【動詞辭書形】＋な

例句

➤ タバコを吸^すうな。
不要抽菸！

➤ 写真^{しゃしん}を撮^とるな。
不要拍照！

➤ スイッチに触^{さわ}るな。
不要碰開關！

068 〜ないでください N5

意義 請不要〜（句型 047 「〜てください」之否定說法）

連接 【動詞ない形】＋でください

例句

➤ タバコを吸^すわないでください。
請不要抽菸。

➤ 写真^{しゃしん}を撮^とらないでください。
請不要拍照。

➤ スイッチに触^{さわ}らないでください。
請不要碰開關。

069 〜ないでおく `N3`

意義 先不要〜（句型 **053** 「〜ておく」之否定說法）

連接 【動詞ない形】＋でおく

例句

➤ このことは、母に言わないでおこう。
這件事先不要跟媽媽說吧！

➤ 健康診断の日は、朝食を食べないでおいてください。
因為是健康檢查，所以請先不要吃早餐。

➤ クーラーは消さないでおきましょう。
冷氣先不要關吧！

---

070 Aの中で、Bがいちばん `N4`

意義 在A當中，B最〜

連接 【名詞】＋の中で、【名詞】＋がいちばん

例句

➤ 果物の中で、何がいちばん好きですか。
在水果當中，你最喜歡什麼呢？

➤ クラスの中で、陳さんがいちばん背が高いです。
在班上，陳同學最高。

➤ 一週間の中で、月曜日がいちばん忙しいです。
在一個星期中，星期一最忙。

071 ～ながら N5

意義 一邊～一邊～（表動作同時進行）

連接 【動詞ます形】＋ながら

例句

> お酒を飲みながら、話をします。
> 一邊喝酒，一邊聊天。

> テレビを見ながら、食事します。
> 一邊看電視，一邊吃飯。

> 歩きながら、音楽を聴きます。
> 一邊走路，一邊聽音樂。

072 ～ないで N5

意義 不～；沒～（表順序）

連接 【動詞ない形】＋で

例句

> コーヒーは砂糖を入れないで飲みます。
> 咖啡不加糖喝。

> きのうはお風呂に入らないで、寝てしまいました。
> 昨天沒洗澡就睡著了。

> 連休はどこへも行かないで、家でゆっくり休みたいです。
> 連假哪裡都不去，想在家裡好好休息。

073 ～なくて N5

意義 因為不～；因為沒～（表因果）

連接 【動詞ない形（～な~~い~~）】＋くて

例句

> 友達がいなくて、さびしいです。
> 沒有朋友，很寂寞。

> 日本語がわからなくて、困っています。
> 不懂日文，很傷腦筋。

> パーティーに出席できなくて、すみませんでした。
> 無法出席宴會，很抱歉。

074 ～なくてはいけない ／ ～なくてはならない ♣ N4

意義 不得不～；一定要～（表義務，同句型 077 ）

連接 【動詞ない形（～な~~い~~）】＋くてはいけない・くてはならない

例句

> 薬を飲まなくてはいけません。
> 不吃藥不行。

> 名前を書かなくてはいけません。
> 不寫名字不行。

> あしたは働かなくてはなりません。
> 明天不工作不行。

075 〜なくてもいい / 〜なくてもかまわない

意義 可以不用〜（句型 **059**「〜てもいい / 〜てもかまわない」之否定說法）

連接 【動詞ない形（〜な~~い~~）】＋くてもいい・くてもかまわない

例句

➤ 薬を飲まなくてもいいです。
くすり の
可以不用吃藥。

➤ 名前を書かなくてもいいです。
なまえ か
可以不用寫名字。

➤ あしたは働かなくてもかまいません。
はたら
明天可以不用工作。

---

076 〜なくなる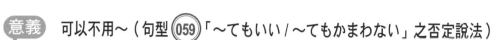

意義 變得不〜；變得不能〜

連接 【動詞ない形（〜な~~い~~）】＋くなる

例句

➤ 歯が悪くなると、かたい物がかめなくなります。
は わる もの
牙齒一變糟，就會變得不能咬硬的東西。

➤ 病気になったから、旅行に行けなくなりました。
びょうき りょこう い
因為生病了，所以變得無法去旅行。

➤ あの猫は最近来なくなりました。
ねこ さいきん こ
那隻貓最近變得不來了。

077 ～なければならない ／ ～なければいけない **N4**

意義　不得不～；一定要～（表義務，同句型 **074**）

連接　【動詞ない形（～な~~い~~）】＋ければならない・ければいけない

例句

➤ 薬を飲まなければなりません。
一定要吃藥。

➤ 名前を書かなければなりません。
一定要寫名字。

➤ あしたは働かなければいけません。
明天一定要工作。

078 ～なさい **N4**

意義　要～！（表命令）

連接　【動詞ます形】＋なさい

例句

➤ 早く寝なさい。
快睡！

➤ よく聞きなさい。
聽清楚！

➤ 字をきれいに書きなさい。
字寫漂亮點！

079 ～なら N4

意義 ～的話（表假定之前提）

連接 【動詞辭書形】＋なら

例句

➤ 運転<ruby>うんてん</ruby>するなら、お酒<ruby>さけ</ruby>は飲<ruby>の</ruby>まないでください。
要開車的話，請不要喝酒。

➤ 食事<ruby>しょくじ</ruby>するなら、いい店<ruby>みせ</ruby>を紹介<ruby>しょうかい</ruby>します。
要吃飯的話，介紹（你）一家好店。

➤ あなたが行<ruby>い</ruby>くなら、私<ruby>わたし</ruby>も行<ruby>い</ruby>きます。
你要去的話，我也要去。

---

080 ～なら ／ ～ならば N4

意義 ～的話（表假定）

連接 【名詞・ナ形容詞】＋なら・ならば

例句

➤ その人<ruby>ひと</ruby>がいい人<ruby>ひと</ruby>ならば、一緒<ruby>いっしょ</ruby>に仕事<ruby>しごと</ruby>をしたいです。
那個人是好人的話，想要和他共事。

➤ もし暇<ruby>ひま</ruby>なら、あした映画<ruby>えいが</ruby>を見<ruby>み</ruby>に行<ruby>い</ruby>きませんか。
如果有空的話，明天要不要去看電影呢？

➤ 簡単<ruby>かんたん</ruby>な料理<ruby>りょうり</ruby>なら、作<ruby>つく</ruby>れます。
簡單的料理的話，我會做。

081 ～くなる ／ ～になる N5

意義 變得～；成為～

連接 【イ形容詞（～い）＋く・ナ形容詞＋に・名詞＋に】＋なる

例句

> 太郎は退院して、元気になりました。
> 太郎出院，恢復健康了。

> クーラーをつけたら、部屋が涼しくなりました。
> 開了冷氣，房間變涼了。

> 将来はプロ野球選手になりたいです。
> 將來想當職業棒球選手。

082 ～に行きます N5

意義 去～（表目的）

連接 【動詞ます形・名詞】＋に行きます

例句

> プールへ泳ぎに行きます。
> 去游泳池游泳。

> デパートへ買い物に行きます。
> 去百貨公司買東西。

> 本屋へ本を買いに行きます。
> 去書店買書。

一、初級篇（N4、N5）

二、中級篇（N2、N3）

三、高級篇（N1）

附錄

083 ～にくい N4

意義 難～；不易～

連接 【動詞ます形】＋にくい

例句

➤ 東京は物価が高くて、住みにくいです。
東京物價很高，不易居住。

➤ あのペンは書きにくいです。
那支筆很難寫。

➤ この靴は重くて、歩きにくいです。
這雙鞋很重，不好走。

084 ～ので N4

意義 因為～

連接 【常體】＋ので（名詞・ナ形容詞後的「だ」要變成「な」）

例句

➤ 野球をして疲れたので、早く寝ます。
打了棒球，很累，所以要早點睡。

➤ あしたは休みなので、姉と映画を見に行きます。
明天放假，所以要和姊姊去看電影。

➤ 風邪で頭が痛かったので、会社を休みました。
因為感冒頭很痛，所以沒去上班。

一、初級篇（N4、N5）　二、中級篇（N2、N3）　三、高級篇（N1）　附錄

085 〜のだ ／ 〜んだ N4

意義 是〜的；原來〜

連接 【常體】＋のだ・んだ（名詞・ナ形容詞後的「だ」要變成「な」）

例句

➤ 何を探しているんですか。
你是在找什麼呢？

➤ どうしてケーキを食べないのですか。
為什麼不吃蛋糕呢？

➤ パソコンが故障しているんですが、どうしたらいいですか。
電腦壞了，要怎麼辦才好呢？

086 〜のに（1） N4

意義 明明〜；雖然〜

連接 【常體】＋のに（名詞・ナ形容詞後的「だ」要變成「な」）

例句

➤ もう１１時なのに、兄はまだ寝ています。
明明已經十一點了，哥哥卻還沒起床。

➤ このカメラは新しいのに、もう故障してしまいました。
這台相機明明很新，卻已經壞了。

➤ 雨が降っているのに、彼は山に行きました。
明明下著雨，他還是去了山上。

087 ～のに（2）  N4

意義 要～；用於～

連接 【動詞辭書形】＋のに（或是名詞直接加「に」）

例句

➤ そろばんは計算するのに使います。
算盤用來計算。

➤ けがが治るのに、３か月はかかります。
傷要痊癒，至少要花上三個月。

➤ この傘は軽くて、旅行に便利です。
這把傘很輕，適合旅行。

088 ～のは  N4

意義 ～是

連接 【常體】＋のは（名詞・ナ形容詞後的「だ」要變成「な」）

例句

➤ 鈴木さんが住んでいるのは、あのアパートの2階です。
鈴木小姐住的是那間公寓的二樓。

➤ はじめて日本へ行ったのはおとととしです。
第一次去日本是前年。

➤ アルバイトをしているのは、留学をするためです。
打工是為了留學。

一、初級篇（N4、N5）

二、中級篇（N2、N3）

三、高級篇（N1）

附錄

089 ～ば ♣ N4

意義 如果～（表假定）

連接 動詞・イ形容詞 → 【假定形】

例句

➤ もし熱が出れば、旅行には行けません。
若是發燒的話，就不能去旅行。

➤ あした天気がよければ、ゴルフをします。
明天天氣好的話，會打高爾夫球。

➤ 速達で出せば、あした着くだろう。
用限時寄的話，明天會到吧！

090 ～は～が～ N5

意義 描述外型、特徵

連接 【名詞】＋は＋【名詞】＋が～

例句

➤ 象は鼻が長いです。
大象鼻子長。

➤ 鈴木さんは目がきれいです。
鈴木小姐眼睛很漂亮。

➤ このスープは味が薄いです。
這碗湯味道很淡。

091 Aは〜が、Bは〜 N4♣

意義 A〜，不過B〜（表示對比）

連接 【名詞】＋は〜が、【名詞】＋は〜

例句

➤ ゴルフは好きですが、野球はきらいです。
高爾夫我喜歡，不過棒球我不喜歡。

➤ 木村さんは旅行に行きますが、吉田さんは行きません。
木村先生要去旅行，不過吉田先生不去。

➤ 本棚には本がありますが、机の上にはありません。
書架上有書，不過桌上沒有。

092 AはBより N4♣

意義 A比B〜

連接 【名詞】＋は＋【名詞】＋より

例句

➤ きょうはきのうより暑いです。
今天比昨天熱。

➤ 姉は私より早く起きます。
姉姉比我早起。

➤ 兄は私より背が高いです。
哥哥長得比我高。

093 **AはBほど～ない** N4 ♣

意義　A沒有B～

連接　【名詞】＋は＋【名詞】＋ほど～ない

例句

➤ きのうはきょうほど暑くなかったです。
昨天沒有今天熱。

➤ 私は姉ほど早く起きません。
我沒有姊姊起得早。

➤ 私は兄ほど背が高くありません。
我沒有哥哥那麼高。

---

094 **～たほうがいい** N4 ♣

意義　～比較好（表建議）

連接　【動詞た形】＋ほうがいい

例句

➤ 風邪の時は、薬を飲んだほうがいいです。
感冒的時候，吃藥比較好。

➤ 体に悪いですから、タバコはやめたほうがいいです。
因為對身體不好，所以戒菸比較好。

➤ 今晩は早く寝たほうがいいです。
今天晚上早點睡比較好。

095 〜ないほうがいい ♣ N4

意義 不要〜比較好（表建議）

連接 【動詞ない形】＋ほうがいい

例句

> 薬を飲まないほうがいいです。
> 不要吃藥比較好。

> タバコを吸わないほうがいいです。
> 不要抽菸比較好。

> もう遅いですから、電話をかけないほうがいいです。
> 已經很晚了，不要打電話比較好。

---

096 〜ばかり ♣ N4

意義 只〜；光〜；全〜

連接 【動詞て形・名詞】＋ばかり

例句

> あのメイド喫茶のお客さんは男性ばかりですね。
> 那個女僕咖啡廳的客人全是男性耶！

> 弟は肉ばかり食べています。
> 弟弟都只吃肉。

> 太郎は勉強しないで遊んでばかりいます。
> 太郎不讀書只顧著玩。

一、初級篇（N4、N5）

二、中級篇（N2、N3）

三、高級篇（N1）

附錄

(097) ～はじめる ♣ N4

意義 開始～

連接 【動詞ます形】＋はじめる

例句

➤ 桜が咲きはじめました。
櫻花開始開了。

➤ 今年から大学で教えはじめました。
今年起開始在大學教書了。

➤ ご飯を食べはじめました。
開始吃飯了。

(098) ～はずがない ♣ N4

意義 不可能～（表該推測不存在）

連接 【名詞修飾形】＋はずがない

例句

➤ 両親はO型だから、太郎はA型のはずがありません。
因為父母是O型，所以太郎不可能是A型。

➤ 日本語は練習しなければ、上手になるはずがありません。
日文如果不練習，就不可能會變好。

➤ 手紙は出したばかりですから、あした届くはずがありません。
因為信才剛寄，所以明天不可能會寄到。

099 ～はずだ

意義 應該～（表推測）

連接 【名詞修飾形】＋はずだ

例句

➤ 両親_{りょうしん}はO型_{オーがた}ですから、太郎_{たろう}もO型_{オーがた}のはずです。
因為父母是O型，所以太郎應該也是O型。

➤ 手紙_{てがみ}はあした届_{とど}くはずです。
信應該明天會寄到。

➤ 課長_{かちょう}は英語_{えいご}が上手_{じょうず}なはずです。
課長英文應該很棒。

---

100 ～前_{まえ}に N5

意義 ～之前

連接 【動詞辭書形・名詞】＋前_{まえ}に

例句

➤ ご飯_{はん}を食_たべる前_{まえ}に、手_てを洗_{あら}います。
吃飯前洗手。

➤ 寝_ねる前_{まえ}に、お風呂_{ふろ}に入_{はい}ります。
睡前洗澡。

➤ 日本_{にほん}へ来_くる前_{まえ}に、日本語_{にほんご}を勉強_{べんきょう}しました。
來日本前學了日文。

(101) ～ましょう N5

意義 ～吧！（表提議）

連接 【動詞ます形】＋ましょう

例句

➤ 食_たべましょう。
吃吧！

➤ 飲_のみましょう。
喝吧！

➤ 勉強_{べんきょう}しましょう。
讀書吧！

(102) ～ましょうか N5

意義 我來～吧！（用「提議」的說法來表示提供協助）

連接 【動詞ます形】＋ましょうか

例句

➤ 暑_{あつ}いですね。クーラーをつけましょうか。
好熱呀！我來開冷氣吧！

➤ 忙_{いそが}しそうですね。手伝_{て つだ}いましょうか。
看起來好忙耶！我來幫忙吧！

➤ 重_{おも}そうですね。持_もちましょうか。
看起來好重耶！我來提吧！

(103) ～ませんか (N5)

意義 要不要～呢？（表邀約）

連接 【動詞ます形】＋ませんか

例句

➤ お茶でも飲みませんか。
要不要喝杯茶呢？

➤ 一緒に映画を見に行きませんか。
要不要一起去看電影呢？

➤ ちょっと休みませんか。
要不要休息一下？

---

(104) ～までに (N5)

意義 ～之前（表期限）

連接 【動詞辭書形・動詞ない形・名詞】＋までに

例句

➤ 金曜日までにレポートを出してください。
請在星期五之前交報告。

➤ 来週までにこの本を読み終わらなければならない。
一定要在下週前看完這本書。

➤ 母が帰ってくるまでに掃除しておいてください。
請在母親回來前先打掃好。

一、初級篇（N4、N5）

二、中級篇（N2、N3）

三、高級篇（N1）

附錄

105 ～まま N4

意義 表維持原狀

連接 【動詞た形・動詞ない形・名詞＋の】＋まま

例句

➤ きのう、コンタクトレンズをつけたまま寝てしまいました。
昨天戴著隱形眼鏡就睡著了。

➤ 電気をつけないまま本を読むと、目を悪くしますよ。
不開燈看書的話，會弄壞眼睛喔！

➤ パジャマのまま、外出してはいけません。
不可以這樣穿著睡衣就出門。

106 命令形 N4

意義 要～！

連接 動詞 → 【動詞命令形】

例句

➤ 静かにしろ。
安靜！

➤ 規則を守れ。
守規矩！

➤ 早く来い。
快點來！

107 　**～も～し、～も～** ♣ N4

意義 又～又～（表並列）

連接 【名詞】＋も～し、【名詞】＋も～

例句

➤ このズボンはデザイン<u>も</u>いいし、色<u>も</u>いいです。
這條褲子設計很好、顏色也很好。

➤ 太郎は勉強<u>も</u>できるし、スポーツ<u>も</u>できます。
太郎又會讀書、又會運動。

➤ 台風のときは、強風<u>も</u>吹くし、大雨<u>も</u>降ります。
颱風時，會吹強風又會下大雨。

108 　**～やすい** ♣ N4

意義 易於～；容易～

連接 【動詞ます形】＋やすい

例句

➤ あの先生の授業はわかり<u>やすい</u>です。
那位老師的課很好懂。

➤ このペンは書き<u>やすい</u>です。
這支筆很好寫。

➤ この雑誌は字が大きくて読み<u>やすい</u>です。
這本雜誌字很大很好讀。

109 ～よう（1） N4 ♣

意義 好像～（表主觀推測）

連接 【名詞修飾形】＋よう

例句

➤ 外は寒い<u>よう</u>です。
外面好像很冷。

➤ あの人の話は本当の<u>よう</u>です。
那個人説的話好像是真的。

➤ もう2時ですから、あの人は来ない<u>よう</u>です。
已經二點了，所以那個人好像不會來了。

110 ～よう（2） N4 ♣

意義 好像～（表比喻）

連接 【名詞修飾形】＋よう（だ・な・に）

例句

➤ あの人はまるで日本人の<u>よう</u>です。
那個人就好像是日本人一樣。

➤ 一郎はまるでお酒を飲んだ<u>よう</u>な赤い顔をしています。
一郎就好像喝過酒般地滿臉通紅。

➤ 田中さんの家はホテルの<u>よう</u>にきれいです。
田中先生家像飯店一樣漂亮。

⑪ ～ように ♣ N4

意義 希望～；為了～（表目的）

連接 【動詞辭書形・ない形】＋ように（動詞為非意志動詞）

例句

➤ 大学に入れるように、一生懸命勉強します。
　だいがく　はい　　　　　　いっしょうけんめいべんきょう
為了能上大學，拚命讀書。

➤ 日本語が話せるように、毎日練習します。
　にほんご　はな　　　　　　まいにちれんしゅう
為了會說日文，每天練習。

➤ 約束の時間を忘れないように、メモします。
　やくそく　じかん　わす
為了不忘記約定的時間，記下來。

⑫ ～ようにする ♣ N4

意義 盡可能～；盡量～

連接 【動詞辭書形・動詞ない形】＋ようにする

例句

➤ 寝る前に、歯をみがくようにしています。
　ね　まえ　　　は
睡前都會刷牙。

➤ 宿題を忘れないようにしましょう。
　しゅくだい　わす
希望不要忘記作業！

➤ 必ず時間を守るようにしてください。
　かなら　じかん　まも
希望務必守時！

113 ～ようになる N4

意義 變得～（表能力、習慣的變化）

連接 【動詞辭書形】＋ようになる

例句

➤ 花子さんは毎日、新聞を読むようになりました。
花子小姐變得每天看報紙。

➤ 日本のテレビ番組がわかるようになりました。
看得懂日本的電視節目了。

➤ 花子さんは中国語の新聞が読めるようになりました。
花子小姐變得能讀中文報紙了。

114 AよりBのほうが～ N4

意義 比起A，B比較～

連接 【名詞】＋より＋【名詞】＋のほうが～

例句

➤ きのうよりきょうのほうが暑いです。
比起昨天，今天比較熱。

➤ 私より姉のほうが早く起きます。
比起我，姊姊比較早起。

➤ 私より兄のほうが背が高いです。
比起我，哥哥比較高。

115 ～らしい（1） N4

意義 好像～（表客觀推測）

連接 【常體】＋らしい（名詞・ナ形容詞不加「だ」）

例句

➤ 野田さんの話によると、あの人は来ないらしいです。
據野田先生所說，那個人好像不會來。

➤ あの子はにんじんが嫌いらしいです。
那孩子好像討厭紅蘿蔔。

➤ みんな集まっています。事故があったらしいです。
所有人都聚在一起。好像發生了意外。

116 ～らしい（2） N4

意義 像是～（表示典型）

連接 【名詞】＋らしい

例句

➤ 田中さんは日本人らしいです。
田中先生是個標準的日本人。

➤ きょうは暖かくて春らしい日です。
今天很暖和，是個典型的春天。

➤ 太郎君は遊んでばかりいるので、学生らしくないです。
太郎同學成天在玩，一點都不像個學生。

117 〜（ら）れる（被動句型1） ♣ N4

意義　一般被動

連接　【被動者】＋{は / が}＋【動作者】＋に＋【被動動詞】

例句

➤ きのう太郎は犬に<u>かまれました</u>。
昨天太郎被狗咬到了。

➤ 私は先生に<u>しかられました</u>。
我被老師罵了。

➤ 友だちにパーティーに<u>招待されて</u>、うれしかったです。
受朋友邀請參加宴會，很開心。

118 〜（ら）れる（被動句型2） ♣ N4

意義　所有物被動

連接　【所有者】＋{は / が}＋【動作者】＋に＋
　　　【所有物 / 身體部位】＋を＋【被動動詞】

例句

➤ きのう太郎が犬に手を<u>かまれました</u>。
昨天太郎被狗咬到手了。

➤ 弟にパソコンを<u>壊されました</u>。
被弟弟弄壞了電腦。

➤ 父は電車の中でスリに財布を<u>盗られました</u>。
爸爸在電車上被扒手偷了錢包。

119 ～（ら）れる（被動句型3） N4

意義 無生物主語被動

連接 【事、物】＋{は / が}＋【被動動詞】

例句

➤ この寺は1000年前に建てられた。
這座寺廟建於一千年前。

➤ 大阪で展覧会が開かれます。
在大阪舉行展覽會。

➤ 電話はベルによって発明された。
電話是由貝爾發明的。

---

120 ～をやる / ～をあげる / ～をさしあげる  N4

意義 給～；送～

連接 【名詞】＋を＋やる・あげる・さしあげる

例句

➤ 太郎は花に水をやりました。
太郎澆了花。

➤ 私は木村さんに花をあげました。
我送了木村小姐花。

➤ 私は課長におみやげをさしあげました。
我送了課長伴手禮。

一、初級篇（N4、N5）

二、中級篇（N2、N3）

三、高級篇（N1）

附錄

121 〜をもらう / 〜をいただく ♣ N4

意義 得到〜；收到〜

連接 【名詞】＋を＋もらう・いただく

例句

➤ 陳さんは木村さんに花をもらいました。
陳先生從木村小姐那收到了花。

➤ 私は鈴木さんにケーキをもらいました。
我從鈴木小姐那收到了蛋糕。

➤ 私は先生に辞書をいただきました。
我從老師那收到了字典。

122 〜をくれる / 〜をくださる ♣ N4

意義 給我〜

連接 【名詞】＋を＋くれる・くださる

例句

➤ 木村さんは私に花をくれました。
木村小姐送了我花。

➤ 鈴木さんは私にケーキをくれました。
鈴木小姐送了我蛋糕。

➤ 先生は私に辞書をくださいました。
老師送了我字典。

(123) ～をください (N5)

意義 請給我～

連接 【名詞】＋を＋ください

例句

➤ コーヒーをください。
請給我咖啡。

➤ すみませんが、しょうゆをください。
不好意思，請給我醬油。

➤ ８０円の切手を2枚ください。
<ruby>八十円<rt>はちじゅうえん</rt></ruby> <ruby>切手<rt>きって</rt></ruby> <ruby>二枚<rt>にまい</rt></ruby>
請給我二張八十日圓的郵票。

---

(124) ～をくださいませんか (N4)

意義 請給我～好嗎？（句型 (123)「～をください」之禮貌說法）

連接 【名詞】＋を＋くださいませんか

例句

➤ このパンフレットをくださいませんか。
請給我這本手冊好嗎？

➤ 今週中にお返事をくださいませんか。
<ruby>今週中<rt>こんしゅうちゅう</rt></ruby> <ruby>返事<rt>へんじ</rt></ruby>
請在本週之內給我答案好嗎？

➤ この絵葉書をくださいませんか。
<ruby>絵葉書<rt>えはがき</rt></ruby>
請給我這張風景明信片好嗎？

一、初級篇（N4、N5）

二、中級篇（N2、N3）

三、高級篇（N1）

附錄

125 ～をしている N4

意義 表示看到的顏色、樣態

連接 【名詞】＋を＋している

例句

➤ ジョンさんは青い目をしています。
約翰先生藍眼睛。

➤ 鈴木さんは変な顔をしています。
鈴木小姐表情怪怪的。

➤ 林さんはきれいな声をしています。
林小姐聲音很好聽。

二、中級篇
（ N2 、 N3 ）

126 ～合う _あ N3

意義 互相～

連接 【動詞ます形】＋合う_あ

例句

➤ 皆、助け合って生きている。
大家互相幫助活著。

➤ あの2人はお互いに愛し合っています。
那兩個人相愛著。

➤ 電車の中では譲り合って座りましょう。
電車上要互相禮讓乘坐！

127 ～あげく N2

意義 最後～（用於最後得到不好的結果）

連接 【動詞た形・名詞＋の】＋あげく

例句

➤ 両親との口論のあげく、家を出ていった。
和父母口角，最後離家出走了。

➤ いろいろ悩んだあげく、結局何もしなかった。
左思右想，最後什麼都沒做。

➤ 働きすぎたあげく、ついに病気になった。
非常辛苦到最後，終於生病了。

128 〜上げる / 〜上がる N3

意義 使〜完成；〜完成

連接 【動詞ます形】＋上げる・上がる

例句

➤ やっと論文を書き上げました。
終於寫好了論文。

➤ ご飯が炊き上がりました。
飯煮好了。

➤ 注文した服ができ上がりました。
訂做的衣服完成了。

---

129 〜あまり N2

意義 太〜；過於〜

連接 【動詞辭書形・動詞た形・ナ形容詞＋な・名詞＋の】＋あまり

例句

➤ 感激のあまり、泣き出してしまった。
太過感動，哭了出來。

➤ 働きすぎたあまり、病気になってしまった。
工作過度，倒下了。

➤ 苦しさのあまり、泣き出した。
太痛苦，哭了出來。

130 〜以上 / 〜以上は N2

意義 既然〜（表原因）

連接 【名詞修飾形】＋以上・以上は（例外：名詞要加「である」）

例句

➤ 入学する以上、卒業したいです。
既然要入學，我就想畢業。

➤ 約束した以上、守らなければなりません。
既然約定了，就一定得遵守。

➤ 決定した以上は、変更しません。
既然決定了，我就不會改變。

131 〜一方 / 〜一方で N2

意義 一方面〜另一方面〜（表對比兩個層面）

連接 【名詞修飾形】＋一方・一方で

例句

➤ 子供は厳しく叱る一方で、褒めてやることも忘れてはいけない。
小孩除了嚴格管教，也不可以忘了給予讚美。

➤ この仕事は午前中は非常に忙しい一方、午後は暇になる。
這份工作一方面上午非常忙碌，但另一方面下午會很閒。

➤ 父は読書を楽しむ一方で、天気のいい日はよく山登りもする。
父親平時享受閱讀，另一方面好天氣時常常去爬山。

一、初級篇（N4、N5）

二、中級篇（N2、N3）

三、高級篇（N1）

附錄

132 **～一方だ** N2

意義 一直～；不斷～（表持續）

連接 【動詞辭書形】＋一方だ

例句

➤ 大学で習った日本語は、その後全然使わないので、忘れる一方だ。
在大學學的日文，之後完全都沒用，所以不斷忘掉。

➤ 年を取るにつれて、悩みは増える一方だ。
隨著年紀的增長，煩惱會不斷增加。

➤ 祖母の病気は悪くなる一方だ。
祖母的病情不斷惡化。

133 **～上 / ～上に** N2

意義 而且～；再加上～（表補充）

連接 【名詞修飾形】＋上・上に

例句

➤ 田中さんは仕事熱心な上、趣味も豊富だ。
田中先生工作認真，而且興趣也很廣泛。

➤ この機械は使い方が簡単な上に、軽い。
這台機器操作簡單，而且又輕巧。

➤ 日本の夏は暑い上に、湿気が高い。
日本的夏天很熱，而且溼度高。

一、初級篇（N4、N5）

二、中級篇（N2、N3）

三、高級篇（N1）

附錄

134 ～上（うえ）で N2

意義 ①～之後（強調先後）　②要～（表重要目的）

連接 ①【動詞た形・名詞＋の】＋上（うえ）で
②【動詞辭書形・名詞＋の】＋上（うえ）で

例句

➤ 親（おや）と先生（せんせい）とよく相談（そうだん）した上（うえ）で、進路（しんろ）を決（き）めます。
　和父母及老師好好商量後，再決定未來要走的路。

➤ 日本語（にほんご）を勉強（べんきょう）する上（うえ）で、一番難（いちばんむずか）しいのは何（なん）でしょうか。
　要學好日文，最難的是什麼呢？

➤ 日本語（にほんご）が話（はな）せることは、就職（しゅうしょく）する上（うえ）で大変有利（たいへんゆうり）だ。
　會說日文，在找工作上非常有利。

135 ～上（うえ）は N2

意義 既然～就～（表原因）

連接 【動詞辭書形・動詞た形】＋上（うえ）は

例句

➤ 約束（やくそく）した上（うえ）は、守（まも）らなければならない。
　既然約定了，就一定要遵守。

➤ やろうと決心（けっしん）した上（うえ）は、全力（ぜんりょく）を尽（つ）くすだけだ。
　既然決心要做，就只有盡全力了。

➤ 日本（にほん）に来（き）た上（うえ）は、1日（いちにち）も早（はや）く日本（にほん）の習慣（しゅうかん）に慣（な）れるつもりだ。
　既然來到日本，我打算盡早適應日本的習慣。

136 ～うちに N2

意義 ①在～期間 ②趁著～時

連接 【名詞修飾形】＋うちに

例句

➤ 本を読んでいるうちに、いつのまにか眠ってしまった。
読著書，不知不覺就睡著了。

➤ 忘れないうちに、メモしておこう。
趁著還沒忘掉時，記好筆記吧！

➤ 日の暮れないうちに帰ろう。
趁天還沒黑回家吧！

137 ～（よ）うか～まいか N2

意義 要不要～

連接 【動詞意向形】＋か＋【動詞まい形】＋か

例句

➤ 夏休みに国へ帰ろうか帰るまいか、考えています。
正在思考暑假要不要回國。

➤ 参加しようかすまいか、悩んでいます。
正在煩惱要不要參加。

➤ 太りたくないから、食べようか食べまいか、考えています。
因為不想變胖，所以正在考慮要不要吃。

138 ～（よ）うではないか / ～（よ）うじゃないか N2

意義 來～吧！（表強烈邀約）

連接 【動詞意向形】＋ではないか‧じゃないか

例句

➤ もう一度話し合おうではないか。
再商量一次吧！

➤ ちょっと休憩しようじゃないか。
要不要稍微休息一下呀！

➤ できるかどうかわからないが、とにかくやってみようではないか。
不知道做不做得到，總之先做做看吧！

---

139 ～（よ）うとしない N3

意義 不想～（句型 005「～（よ）うとする」之否定說法）

連接 【動詞意向形】＋としない

例句

➤ 父は病気でも、病院に行こうとしません。
爸爸就算生病，也不想要去醫院。

➤ キムさんはそれについて何も話そうとしません。
關於那件事金先生什麼都不想要說。

➤ 太郎はしかられても、決してあやまろうとしません。
太郎就算被罵，也絕對不想道歉。

140 ～得る / ～得る / ～得ない N2

意義 能～ / 不行～

連接 【動詞ます形】＋得る・得る・得ない

例句

➤ そういうことはあり得ないと思う。
我覺得那樣的事是不可能的。

➤ 考え得ることはすべてやりました。
想得到的全部都做了。

➤ そういうことは起こり得るだろう。
那樣的事情有可能會發生吧！

141 お～です N3

意義 「～ます」、「～ています」、「～ました」之尊敬語

連接 お＋【動詞ます形】＋です

例句

➤ お子さんはいつお生まれですか。（生まれます → お生まれです）
您的孩子何時出生呢？

➤ 社長、お客様がお待ちです。（待っています → お待ちです）
社長，客人在等著。

➤ お客様がお着きです。（着きました → お着きです）
客人來了。

(142) **～おかげで** N3

意義 因為～；歸功於～（表正面的原因理由）

連接 【名詞修飾形】＋おかげで

例句

➤ この本のおかげで、試験に合格できた。
多虧這本書，考試才能通過。

➤ 警察が早く来てくれたおかげで、助かった。
多虧警察及早趕來，才得救了。

➤ 先生のおかげで、日本に来られた。
託老師的福，能夠來到日本。

---

(143) **～おそれがある** N2

意義 有可能～；恐怕～；有～之虞（表擔心不好的事情發生）

連接 【動詞辭書形・名詞＋の】＋おそれがある

例句

➤ 台風10号は九州地方に上陸するおそれがある。
十號颱風有可能登陸九州地區。

➤ 赤字が続くと、会社はつぶれるおそれがある。
赤字持續的話，公司有可能會倒閉。

➤ 君の態度はみんなの誤解を招くおそれがある。
你的態度有可能會招致大家的誤解。

一、初級篇（N4、N5）

二、中級篇（N2、N3）

三、高級篇（N1）

附錄

144 〜かえる N3

意義 換〜；改〜

連接 【動詞ます形】＋かえる

例句

➤ ここから３番目の駅で地下鉄に乗り<u>かえて</u>ください。
請在離這裡第三站的車站轉搭地鐵。

➤ この文章を書き<u>かえます</u>。
改寫這篇文章。

➤ 部屋の空気を入れかえましょうか。
讓房裡的空氣流通一下吧！

145 〜かぎり N2

意義 ①只要〜（表某個狀態下）　②儘量〜

連接 【動詞辭書形・イ形容詞・ナ形容詞＋な・名詞＋の
（或である）】＋かぎり

例句

➤ 体が丈夫な<u>かぎり</u>、働きたい。
只要身體健康，我就想工作。

➤ 明日の試験は力の<u>かぎり</u>、頑張ってみよう。
明天的考試盡力加油看看吧！

➤ できる<u>かぎり</u>の努力はした。後は結果を待つだけだ。
盡最大的努力了。之後只有等待結果。

(146) ～かける N2

意義 剛（開始）～（表動作開始而未結束）

連接 【動詞ます形】＋かける

例句

➤ 食卓には食べかけのりんごが残っている。
餐桌上留著吃了一半的蘋果。

➤ 彼は「さあ」と言いかけて、話をやめた。
他說了「這……」，就沒說了。

➤ あの本はまだ読みかけだ。
那本書才剛看了一半。

---

(147) ～がたい N2

意義 很難～；難以～

連接 【動詞ます形】＋がたい

例句

➤ そういうことはちょっと信じがたい。
那樣的事有點難以相信。

➤ 弱い者をいじめるのは許しがたい。
欺負弱小是不容允許的。

➤ 彼女の態度は理解しがたい。
她的態度難以理解。

148 ～がち

意義 常常～；容易～（常用來表達次數之多）

連接 【動詞ます形・名詞】＋がち

例句

➤ 父は病気がちなので、あまり働けない。
父親很容易生病，所以不太能工作。

➤ 彼は体が弱く、学校を休みがちだ。
他身體不好，常常向學校請假。

➤ 彼女はいつも留守がちです。
她總是常常不在家。

149 ～かと思うと / ～かと思ったら

意義 一～就～

連接 【動詞辭書形・動詞た形】＋かと思うと・かと思ったら

例句

➤ ベルが鳴ったかと思うと、教室を飛び出していった。
鐘聲一響，就立刻衝出了教室。

➤ 家に着いたかと思ったら、もうテレビの前に座っている。
一到家，就已經坐在電視前。

➤ 木村さんは来たかと思ったら、すぐに帰ってしまった。
木村先生才剛來，就立刻回家了。

(150) ～か～ないかのうちに N2

意義　一～就～

連接　【動詞辭書形・た形】＋か＋【動詞ない形】＋かのうちに

例句

➤ ベルが鳴ったか鳴らないかのうちに、教室を飛び出していった。
鐘聲一響，就立刻衝出了教室。

➤ 「お休み」と言ったか言わないかのうちに、もう眠ってしまった。
才剛說「晚安」，就已經睡著了。

➤ 太郎はいつも食事が終わるか終わらないかのうちに、家を出て行く。
太郎總是一吃完飯，就立刻出門。

(151) ～かねる N2

意義　不能～；無法～；難以～

連接　【動詞ます形】＋かねる

例句

➤ 申し訳ありませんが、私にはわかりかねます。
很抱歉，我難以理解。

➤ 買おうか買うまいか決めかねている。
要不要買，難以決定。

➤ 会社を辞めたことを両親に言いかねている。
難以對父母親說出離職的事情。

152 〜かねない  N2

 有可能〜（用於可能變成不好的結果）

 【動詞ます形】＋かねない

例句

➤ 田中さんのことだから、人に言いかねない。
因為是田中先生，所以有可能會跟別人說。

➤ 休まないで長時間運転したら、事故を起こしかねない。
不休息長時間開車的話，有可能會引起事故。

➤ そのように休みも取らずに働いていたら、体を壊しかねない。
像那樣不休息地工作的話，有可能會弄壞身子。

---

153 〜かのようだ ／ 〜かのように N2

 好像〜一樣（表比喻用法）

 【常體】＋かのようだ・かのように

 例句

➤ 彼に会えるとは、まるで夢を見ているかのようだ。
居然能見到他，簡直就像在做夢一樣。

➤ ３月なのに、冬かのように寒い。
明明三月了，卻好像冬天一樣地冷。

➤ あの人はあらかじめ知っていたかのように、平然としていた。
那個人好像事先知道一樣，非常冷靜。

一、初級篇（N4、N5）

二、中級篇（N2、N3）

三、高級篇（N1）

附錄

一、初級篇（N4、N5）

二、中級篇（N2、N3）

三、高級篇（N1）

附錄

154 〜から〜にかけて

意義 從〜到〜

連接 【名詞】＋から＋【名詞】＋にかけて

例句

➤ 夜中から明け方にかけて何回か大きな地震があった。
從半夜到天亮，發生了數次大地震。

➤ 台風は毎年夏から秋にかけて台湾を襲う。
颱風每年從夏天到秋天都會侵襲台灣。

➤ 今夜は関東北部から東北地方にかけて、大雨が降るかもしれない。
今晚從關東北部到東北地區，都有可能會下大雨。

155 〜からいうと／〜からいえば／〜からいって N2

意義 從〜點來判斷

連接 【名詞】＋からいうと・からいえば・からいって

例句

➤ 今度の試験の成績からいうと、東大合格は確実だろう。
從這次的考試成績來看，考上東大是確定的吧！

➤ うちの経済状況からいえば、海外留学なんて不可能だ。
從家裡的經濟狀況來看，到國外留學是不可能的。

➤ あの人の性格からいって、そんなことで納得するはずがない。
以那個人的個性來說，他不可能接受那種事。

156 ～からこそ N2

意義 正因為～（強調原因）

連接 【常體】＋からこそ

例句

➤ あなただからこそ、話すのです。ほかの人には言わないでください。
正因為是你，我才說。請不要跟其他人說。

➤ あなたの健康を考えるからこそ、お酒を飲ませないのです。
就是因為考慮到你的健康，所以才不讓你喝酒。

➤ 一生懸命勉強したからこそ、合格したのだ。
正因為拚命讀了書，所以才考上了。

157 ～からして N2

意義 光從～就～（舉出最基本的情況）

連接 【名詞】＋からして

例句

➤ この店は雰囲気からして、好みではない。
這家店從氣氛就不是我喜歡的。

➤ タイでは食べ物からして、私には合わない。
在泰國，光食物就不適合我。

➤ 彼女は着る物からして、人と違う。
她從穿著來看就與眾不同。

(158) ～からすると / ～からすれば N2

意義 以～立場

連接 【名詞】＋からすると・からすれば

例句

➤ 現場の状況からすると、犯人は窓から逃げたようだ。
從現場狀況來看，犯人好像是從窗戶逃走的。

➤ 親からすれば、子供はいくつになっても子供だ。
以父母的立場，小孩不管到了幾歲都還是小孩。

➤ 先生からすれば、合格して当たり前だ。
以老師的立場，合格是理所當然的。

(159) ～からといって N2

意義 雖說～（表逆態接續）

連接 【常體】＋からといって

例句

➤ おいしいからといって、同じものばかり食べてはいけない。
雖說很好吃，但也不可以一直吃同樣的東西。

➤ 日本に住んでいたからといって、日本語がうまいとは限らない。
雖說以前住在日本，但日文也未必很流利。

➤ 疲れたからといって、休むわけにはいかない。
雖說很累，但也不能休息。

160 〜からには / 〜からは N2

| 意義 | 既然〜就〜 |

| 連接 | 【常體】＋からには・からは |
（例外：名詞、ナ形容詞要加「である」）

例句

> 引_ひき受_うけたからには、最後_{さいご}までやるべきだ。
> 既然答應了，就應該做到最後。

> 約束_{やくそく}したからには、守_{まも}らなければならない。
> 既然約定了，就一定要遵守。

> 試合_{しあい}に出_でるからには、優勝_{ゆうしょう}したい。
> 既然要出賽，就想得第一。

---

161 〜から見_みると / 〜から見_みれば / 〜から見_みて

| 意義 | 從〜點來觀察 |

| 連接 | 【名詞】＋から見_みると・から見_みれば・から見_みて |

例句

> 現場_{げんば}の状況_{じょうきょう}から見_みると、泥棒_{どろぼう}はこの窓_{まど}から入_{はい}ったと思_{おも}われる。
> 從現場狀況來看，我認為小偷是從這個窗戶進來的。

> 彼_{かれ}の表情_{ひょうじょう}から見_みれば、交渉_{こうしょう}はうまくいかなかったようだ。
> 從他的表情來看，交涉好像不順利。

> あの様子_{ようす}から見_みて、結婚_{けっこん}は間近_{まぢか}だ。
> 從那樣子來看，婚期近了。

一、初級篇（N4、N5）

二、中級篇（N2、N3）

三、高級篇（N1）

附錄

162 ～がる N3

意義 覺得～（用來將形容詞動詞化）

連接 【ナ形容詞・イ形容詞（～い）】＋がる

例句

➤ 弟は公園から帰るのをいやがっています。
弟弟不想從公園回來。

➤ あの女の人は転んで、恥ずかしがっています。
那女子跌倒了，覺得很不好意思。

➤ 日本に来た外国人が不思議がるものはありますか。
有來到日本的外國人會覺得不可思議的東西嗎？

163 ～かわりに N2

意義 ①不做～而做～　②以～代替

連接 【名詞修飾形】＋かわりに

例句

➤ 映画を見に行くかわりに、うちでビデオを見る。
不去看電影，而在家看錄影帶。

➤ 田中さんに日本語を教えてもらうかわりに、
彼に中国語を教えてあげた。

請田中先生教我日文，而我教他中文。

➤ 私の部屋は夏は暑いかわりに、冬はとても暖かい。
我的房間夏天很熱，但冬天很暖和。

164 ～気味 N2

意義 覺得有點～

連接 【動詞ます形・名詞】＋気味

例句

➤ どうも風邪気味で、寒気がする。
覺得好像感冒了，有點發冷。

➤ あの時計は遅れ気味だ。
那個時鐘有點慢。

➤ この頃太り気味なので、ダイエットすることにした。
最近有點發胖，決定要減肥。

---

165 ～きり N2

意義 ①之後就一直～（表沒下文） ②只有～（～だけ）

連接 ①【動詞た形】＋きり
②【動詞辭書形・動詞た形・名詞】＋きり

例句

➤ 鈴木さんは2年前、アメリカへ行ったきり、帰ってこない。
鈴木先生兩年前去了美國後，就一直沒有回來。

➤ 彼女はさっきから、黙ったきりだ。
她從剛剛開始，就一直沉默著。

➤ いつも1人きりで夕ご飯を食べる。
總是只有一個人吃晚飯。

---

166 **〜きる ／ 〜きれる** N2

意義 完成〜；做完〜

連接 【動詞ます形】＋きる‧きれる

例句

➤ あの本は発売と同時に売りきれてしまった。
那本書在發售的同時就賣光了。

➤ この長編小説を１日で読みきった。
一天就讀完這本長篇小說。

➤ 「それは事実ではない」と彼女は言いきった。
她肯定地說：「那不是事實。」

---

167 **〜くせに** N2

意義 明明〜卻〜（逆態接續，帶有責怪的語氣）

連接 【名詞修飾形】＋くせに

例句

➤ あの人はお金がないくせに、買い物ばかりしている。
那個人明明沒錢，還一直買東西。

➤ 知っているくせに、知らないふりをしている。
明明知道，卻裝作不知道。

➤ 下手なくせに、やりたがる。
明明做得不好，卻很想做。

一、初級篇（N4、N5）

二、中級篇（N2、N3）

三、高級篇（N1）

附錄

168 **～くらい / ～ぐらい** N3

意義 ①表程度（同句型 **319**「～ほど」）　②～之類的（表輕視）

連接 【動詞辭書形・イ形容詞・名詞】＋くらい・ぐらい

（例外：ナ形容詞要加「な」）

例句

➤ レポートが多すぎて、泣きたいくらいです。
報告多到想哭。

➤ 自分の部屋ぐらい自分で掃除しなさい。
不就是自己的房間，自己打掃！

➤ あの小説はおもしろいくらいよく売れる。
那本小說賣得好得嚇人。

---

169 **～くらい～ない / ～ほど～ない** N3

意義 沒有像～那樣

連接 【名詞修飾形】＋くらい・ほど＋～ない

例句

➤ 彼女くらい美しい人はいません。
沒有她那麼漂亮的人了。

➤ ここほど雪の降るところはありません。
沒有地方雪下得有這裡多。

➤ 太郎君くらいまじめな人はいません。
沒有像太郎同學那麼認真的人了。

170 〜げ N2

意義　看起來〜；好像〜

連接　【イ形容詞（〜い）・ナ形容詞】＋げ

例句

➤ 彼は寂しげに、1人でそこに座っている。
他看起來很寂寞地一個人坐在那裡。

➤ あの子は何か言いたげだった。
那孩子好像想說什麼。

➤ 子供たちが楽しげに遊んでいる。
小朋友們好像很開心地在玩耍。

171 〜こそ N3

意義　〜才；正是〜

連接　【名詞】＋こそ

例句

➤ 「いつもお世話になっております」「いいえ、こちらこそ」
「一直受您的照顧。」「不，我才是呢！」

➤ 過ちを認めることこそが大切だ。
承認錯誤才重要。

➤ 今年こそ東京大学に受かるよう、がんばります。
就是今年要考上東大。

172 ～こと N3

意義 ～事情（用於子句名詞化）

連接 【名詞修飾形】＋こと

例句

➤ 木村さんが帰国したことを知っていますか。
你知道木村先生回國了這件事嗎？

➤ 病気で授業に出られないことを先生に伝えてください。
請轉告老師我因生病而無法上課。

➤ 来週、試験があることを聞きましたか。
聽說下星期有考試的事了嗎？

173 ～ことか N2

意義 多麼～啊！

連接 【名詞修飾形】＋ことか

例句

➤ あの時は、どんなに悲しんだことか。
那個時候，有多麼難過啊！

➤ あの子に何度注意したことか。
提醒那孩子好幾次了啊！

➤ この絵は何と素晴らしいことか。
這幅畫多棒啊！

174 〜ことから ♥ N2

意義 從〜來看（表示原因）

連接 【名詞修飾形】＋ことから（例外：名詞直接加「から」）

例句

➤ この辺は外国人が多いことから、
「国際通り」と呼ばれるようになった。
由於這一帶外國人很多，所以被稱為「國際街」。

➤ 道がぬれていることから、雨が降ったことがわかる。
從路上濕濕的來看，可知道下過雨。

➤ 今年は雨がめったに降らないことから、夏の水不足が心配される。
從今年鮮少下雨來看，很擔心夏天會缺水。

175 〜ことだ ♥ N2

意義 應該〜（表命令、建議）

連接 【動詞辭書形‧動詞ない形】＋ことだ

例句

➤ 試験に合格したかったら、一生懸命勉強することだ。
想要考上，就應該拚命讀書。

➤ この病気を治すには、薬を飲むことだ。
要治這個病，就應該要吃藥。

➤ 日本語がうまくなりたければ、もっと勉強することだ。
如果想要日文變好，就應該多讀書。

176 〜ことだから N2

意義 因為是〜（強調原因）

連接 【名詞＋の】＋ことだから

例句

➤ 田中さんのことだから、また遅刻するよ。
因為是田中先生，所以還是會遲到啦！

➤ 親切な吉村さんのことだから、頼めば教えてくれるよ。
因為是親切的吉村小姐，拜託她的話會告訴我們喔！

➤ 彼女のことだから、時間どおり来るだろう。
因為是她，所以會準時前來吧！

177 〜ことなく N2

意義 不〜；沒〜（句型 072「〜ないで」較文言的說法）

連接 【動詞辭書形】＋ことなく

例句

➤ 試験のため、休日も休むことなく勉強している。
為了考試，連假日都不休息，一直在讀書。

➤ あきらめることなく、最後まで頑張ろう。
不放棄，努力到最後吧！

➤ 陳君は大学院に進むことなく、帰国してしまった。
陳同學沒讀研究所，回國了。

178 ～ことに（は） N2

意義 令人感到～（表情感）

連接 【動詞た形‧イ形容詞‧ナ形容詞＋な】＋ことに（は）

例句

➤ 残念<u>なことに</u>、今回の計画は中止しなくてはならなくなった。
令人遺憾的是，這次的計畫不得不停止了。

➤ うれしい<u>ことに</u>、今年は奨学金がもらえそうだ。
令人開心的是，今年看起來領得到獎學金。

➤ ありがたい<u>ことに</u>、全員が無事だった。
令人慶幸的是，全員平安。

179 ～ことにしている N3

意義 習慣～；都～

連接 【名詞修飾形】＋ことにしている

例句

➤ 毎朝、泳ぐ<u>ことにしています</u>。
我習慣每天早上游泳。

➤ 毎晩、10時前に寝る<u>ことにしています</u>。
我習慣每天晚上十點前睡。

➤ 夜はお茶を飲まない<u>ことにしています</u>。
我晚上都不喝茶。

180 ～ことになっている  N3

意義 表示規定、固定、確定的事情

連接 【名詞修飾形】＋ことになっている

例句

➤ 日本語（にほんご）の授業（じゅぎょう）は１週間（いっしゅうかん）に３時間（さんじかん）行（おこな）われることになっている。
日文課一個星期規定上三個小時。

➤ 私（わたし）たちは１時（いちじ）に出発（しゅっぱつ）することになっている。
我們約定一點出發。

➤ 試験（しけん）は７月初（しちがつはじ）めに実施（じっし）されることになっている。
考試固定在七月初舉行。

181 ～ことは～が N2

意義 基本上～但是～

連接 【名詞修飾形】＋ことは＋【名詞修飾形】＋が

例句

➤ 日本（にほん）へ来（く）る前（まえ）に日本語（にほんご）を勉強（べんきょう）したことはしたが、
たった１週間（いっしゅうかん）だけだ。

來日本前，日文學是學過，但是只有一個星期。

➤ 日本語（にほんご）はわかることはわかるが、会話（かいわ）には自信（じしん）がない。
日文懂是懂，但是會話沒有自信。

➤ この部屋（へや）は駅（えき）に近（ちか）いことは近（ちか）いですが、狭（せま）すぎます。
這個房間離車站近是近，但是太小了。

182 ～ことはない N2

意義 不需要～

連接 【動詞辭書形】＋ことはない

例句

➤ 心配することはない。
不需要擔心。

➤ 君のせいじゃないから、謝ることはない。
不是你的錯，所以不需要道歉。

➤ 悲しむことはない。
不需要難過。

183 ～さ N3

意義 形容詞名詞化

連接 【イ形容詞（～い）・ナ形容詞】＋さ

例句

➤ 新幹線の速さは１時間に約３００キロメートルです。
新幹線的速度一個小時約三百公里。

➤ このみかんは大きさによって分けてください。
這個橘子請依大小分類。

➤ 彼女に会えたときのうれしさは、人一倍です。
和她見到面時的喜悅倍於他人。

184 ～際に（は） N2

意義 ～之際；在～的時候

連接 【動詞辭書形・動詞た形・名詞＋の】＋際に（は）

例句

➤ 非常の際に、エレベーターは使わないでください。
緊急時，請不要使用電梯。

➤ 彼は帰国の際に、本をプレゼントしてくれた。
他回國時送了我書。

➤ お降りの際には、お忘れ物のないようお気をつけください。
下車時，請小心不要忘了東西。

---

185 ～最中に ／ ～最中だ N2

意義 正當～的時候（表動作做得正激烈時）

連接 【動詞ている形・名詞＋の】＋最中に・最中だ

例句

➤ 試合の最中に、雨が降り出した。
正當比賽時，下起了雨。

➤ その件は検討している最中だ。
那件事正在討論當中。

➤ 宴会の最中に、停電した。
正當宴會時，停電了。

一、初級篇（N4、N5）

二、中級篇（N2、N3）

三、高級篇（N1）

附錄

(186) ～さえ / ～でさえ N3

意義 甚至～；連～都

連接 【名詞】＋さえ‧でさえ

例句

➤ もうすぐ結婚するというのに、簡単な料理さえできない。
馬上就要結婚了，但連簡單的菜都不會做。

➤ そんなこと、子供でさえ知っている。
那種事，連小孩子都知道。

➤ あんな人、もう声さえ聞きたくない。
那種人，我已經連聲音都不想聽。

(187) ～さえ～ば N2

意義 只要～就～

連接 【名詞】＋さえ＋【各詞類之假定形】

例句

➤ 携帯電話さえあれば、カメラも腕時計もいらない。
只要有手機，相機、手錶都不需要了。

➤ 体さえ丈夫なら、何でもできる。
只要身體健康，什麼都能做。

➤ 日本語は練習さえすれば上手になる。
日文只要練習就會變厲害。

188 ～（さ）せる（情感使役句） N3

意義 讓～

連接 情感相關動詞 → 【動詞使役形】

例句

> 子供のとき、よくけんかして、弟を泣かせました。
> 小時候，常常吵架弄哭弟弟。

> 太郎君はよく冗談を言って、みんなを笑わせました。
> 太郎同學常常開玩笑逗大家開心。

> 仕事に失敗して、部長を怒らせました。
> 工作失敗，讓部長生氣了。

189 ～（さ）せられる／～される（使役被動句2） N3

意義 不禁～；不由得～；不自覺地～（表自發）

連接 動詞 → 【動詞使役形】 → 【動詞使役被動形】

例句

> 子供のとき、よく兄にいじめられて、泣かされました。
> 小時候，常常被哥哥欺負得哭了。

> あの映画を見て、ごみの問題について考えさせられました。
> 看了那部電影，不禁思考了關於垃圾問題。

> 私はその映画に感動させられました。
> 對於那部電影，我不禁感到相當感動。

190 ～（さ）せていただきます N2

意義 我要～；請讓我～（客氣表達自己要做的行為）

連接 【動詞使役形】 → 【動詞て形】＋いただきます

例句

➤ 自己紹介させていただきます。
請讓我來自我介紹。

➤ 定休日ですから、休業させていただきます。
因為是公休日，所以停止營業。

➤ では、発表させていただきます。
那麼，就由我來發表。

191 ～（さ）せていただけませんか N3

意義 能不能請您讓我～？

連接 【動詞使役形】 → 【動詞て形】＋いただけませんか

例句

➤ 写真を撮らせていただけませんか。
能不能請您讓我拍張照？

➤ 熱があるので、帰らせていただけませんか。
因為發燒，所以能不能請您讓我回家？

➤ もう少し考えさせていただけませんか。
能不能請您讓我再思考一下？

一、初級篇（N4、N5）

二、中級篇（N2、N3）

三、高級篇（N1）

附錄

192 ～ざるを得_えない N2

意義 不能不～；不得已～

連接 【動詞ない形（～ない）】＋ざるを得_えない

（例外：「する」 → 「せざるを得_えない」）

例句

➤ その件_{けん}はほかの方_{かた}にお願_{ねが}いせざるを得_えない。
那件事只好拜託其他人了。

➤ 部長_{ぶちょう}の命令_{めいれい}だから、従_{したが}わざるを得_えない。
因為是部長的命令，所以只得遵從。

➤ 彼女_{かのじょ}のためなら、その仕事_{しごと}を引_ひき受_うけざるを得_えない。
若是為了她的話，就不得不接受那份工作。

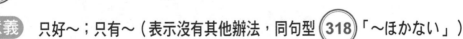

193 ～しかない N2

意義 只好～；只有～（表示沒有其他辦法，同句型 318 「～ほかない」）

連接 【動詞辭書形・名詞】＋しかない

例句

➤ 自分_{じぶん}でできないのだから、誰_{だれ}かに頼_{たの}むしかない。
因為自己做不到，所以只好看拜託誰。

➤ 決_きめたら、最後_{さいご}までやるしかない。
決定了的話，就只好做到最後。

➤ この病気_{びょうき}を治_{なお}すには、手術_{しゅじゅつ}しかない。
要治好這個病，只有開刀。

一、初級篇（N4、N5）

二、中級篇（N2、N3）

三、高級篇（N1）

附錄

194 ～次第 N2

意義　一～就～

連接　【動詞ます形‧名詞】＋次第

例句

➤ あちらに着き次第、連絡します。
一到那裡，就立刻聯絡。

➤ 準備が整い次第、出発しましょう。
準備一完成，就立刻出發吧！

➤ 落し物が見つかり次第、お知らせします。
一找到失物，馬上通知您。

195 ～次第だ ／ ～次第で N2

意義　①依～　②說明原委

連接　①【名詞】＋次第だ‧次第で
　　　②【名詞修飾形】＋次第だ‧次第で

例句

➤ 試験の結果次第で、もう一度受けなければならない。
依考試的結果，非再考一次不可。

➤ その件は私には無理だと思い、お断りした次第です。
我覺得那件事辦不到，所以拒絕了。

➤ そういう次第で、旅行に行けません。
就是這樣子，所以無法去旅行。

196 ～上 N2

意義 ～上

連接 【名詞】＋上

例句

➤ 日本語を勉強するのに、
文法上の様々な規則は覚えなければならない。

學日文時，一定要記住文法上的種種規則。

➤ あの2人の関係は表面上、何も変わらないように見える。

那兩個人的關係在表面上，看起來沒有任何改變。

➤ 立場上、その質問には答えられません。

立場上，無法回答那個問題。

---

197 ～た末に ／ ～の末に N2

意義 ～結果；～之後終於

連接 【動詞た形・名詞＋の】＋末に

例句

➤ 何度も2級の試験を受けた末に、ついに合格した。

考了好幾次二級的考試之後，終於考過了。

➤ あちこちのスーパーを回った末に、
ようやくほしいものを手に入れた。

跑遍了好幾家超市，終於買到了想要的東西。

➤ 十分考えた末に、こう決めた。

充分考慮之後，終於這麼決定了。

198 **〜ずに** N3

意義 不〜；沒〜（句型 072「〜ないで」之古語用法）

連接 【動詞ない形（〜ない）】＋ずに

（例外：「する」 → 「せずに」）

例句

➤ 今日はかばんを持たずに家を出ました。
今天沒拿皮包就出門了。

➤ 夕べ疲れて何も食べずに寝てしまいました。
昨晚累得什麼都沒吃就睡著了。

➤ 失敗を気にせずに、仕事しなさい。
不要在意失敗，工作吧！

199 **〜ないではいられない / 〜ずにはいられない** N2

意義 不由得〜；不得不〜

連接 【動詞ない形（〜ない）】＋ないではいられない・ずにはいられない

例句

➤ おかしくて、笑わずにはいられなかった。
很滑稽，不由得笑了出來。

➤ この映画は、誰でも感動せずにはいられないだろう。
這部電影，無論是誰都會感動吧！

➤ 田中さんの忙しさを見たら、手伝わないではいられない。
看到田中先生的忙碌，不由得幫了他。

(200) **～せいで ／ ～せいだ ／ ～せいか**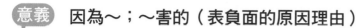

意義 因為～；～害的（表負面的原因理由）

連接 【名詞修飾形】＋せいで・せいだ・せいか

例句

➤ 弟のせいで、母に叱られた。
因為弟弟，害得我被媽媽罵了。

➤ 食べすぎたせいで、おなかを壊してしまった。
因為吃太多，才弄壞了肚子。

➤ お酒をたくさん飲んだせいか、声が大きくなった。
因為喝多了酒吧，聲音變得很大聲。

---

(201) **～そうもない**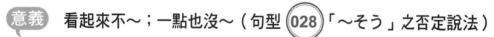

意義 看起來不～；一點也沒～（句型 **028**「～そう」之否定説法）

連接 【動詞ます形・イ形容詞（～い）・ナ形容詞】＋そうもない

例句

➤ レポートは来週までにはできそうもありません。
報告看起來無法在下星期前完成。

➤ この雨は止みそうもありません。
這場雨看起來不會停。

➤ 会議はまだ始まりそうもない。
會議看起來一點都沒有要開始的樣子。

(202) 〜たがる N3

意義 （他／她）想〜（表第三人稱之願望）

連接 【動詞ます形】＋たがる

例句

➤ 子供はチョコレートを食べたがります。
小孩都會想吃巧克力。

➤ 娘は自転車を買いたがっています。
女兒想買腳踏車。

➤ 弟は公園へ行きたがっています。
弟弟想去公園。

(203) 〜だけに ／ 〜だけあって N2

意義 正因為是〜（強調原因）

連接 【名詞修飾形】＋だけに・だけあって
（例外：名詞不加「の」）

例句

➤ 娘が今回、1人で旅行するだけに、心配だ。
正因為女兒這次是一個人旅行，所以才更擔心。

➤ 日本に留学したことがあるだけあって、彼は日本語が上手だ。
正因為去日本留學過，所以他日文很棒。

➤ 若いだけあって、体力がある。
正因為年輕，所以有體力。

204 ～たて N3

 剛～

 【動詞ます形】＋たて

例句

➤ 炊きたてのご飯はおいしいです。
剛煮好的飯很好吃。

➤ とりたての野菜もおいしいです。
現採的蔬菜也很好吃。

➤ 焼きたてのパンはおいしいです。
剛出爐的麵包很好吃。

205 たとえ～ても N3

 即使～也～

 たとえ～＋【各詞類て形】＋も

例句

➤ たとえ台風が来ても、仕事は休めません。
就算颱風來了，工作也無法休息。

➤ たとえ苦しくても、最後まで頑張ろう。
再怎麼苦，都堅持到最後吧！

➤ たとえ冗談でも、そんなことを言うものではない。
再怎麼樣開玩笑，也不應說那種話。

(206) 〜たところ N2

意義 之後〜；結果〜

連接 【動詞た形】＋ところ

例句

> 用事があって電話したところ、留守だった。
> 有事情打了電話，結果沒人在。

> 店の人に問い合わせてみたところ、
> その辞書はもう売り切れだそうだ。
> 試著詢問了店裡的人，結果聽說那本字典已經售完。

> お願いしたところ、断られた。
> 拜託了，結果被拒絕了。

(207) 〜たとたん（に） N2

意義 一〜就〜

連接 【動詞た形】＋とたん（に）

例句

> 家を出たとたん、雨が降ってきた。
> 一出門就下起雨來了。

> 父親の顔を見たとたん、彼女は泣き出した。
> 一見到父親，她就哭了出來。

> 点火したとたんに、爆発した。
> 一點火就爆炸了。

～たび（に） N2

 意義 每當～

連接 【動詞辭書形・名詞＋の】＋たび（に）

 例句

➤ この写真を見るたびに、幼い日のことを思い出す。
　毎當看到這張照片，就會想起小時候。

➤ 父は出張のたびに、おもちゃを買ってきてくれる。
　父親每次出差，都會買玩具回來給我。

➤ 同窓会があるたびに、彼女は必ず出席する。
　每次開同學會，她一定會出席。

---

209 **～だらけ** N2

 意義 滿是～；全是～

連接 【名詞】＋だらけ

 例句

➤ 交通事故にあった被害者は血だらけであった。
　發生車禍的受害者滿身是血。

➤ 子供たちは泥だらけになって遊んでいる。
　小孩子們玩得滿身泥巴。

➤ スーツを着たまま寝ていたので、しわだらけになってしまった。
　因為穿著西裝就去睡，所以變得皺巴巴的。

210 ～ちゃう / ～じゃう N3

意義 ～完了（句型 054「～てしまう」之短縮形）

連接 【動詞て形（～て）】＋ちゃう・じゃう

例句

> バスが行っちゃった。
> 公車跑掉了。

> 昨日買ったビールは飲んじゃった。
> 昨天買的啤酒喝光了。

> レストランに傘を忘れちゃった。
> 把傘忘在餐廳裡了。

211 ～ついでに N2

意義 順便～（表利用機會做某件事）

連接 【動詞辭書形・動詞た形・名詞＋の】＋ついでに

例句

> スーパーへ行ったついでに、郵便局に寄って手紙を出してきた。
> 去超市，順路到郵局寄個信。

> 散歩のついでに、新聞を買ってくる。
> 散步順便買報紙回來。

> 大阪へ行くついでに、神戸を回ってみたい。
> 去大阪順便想逛逛神戶。

212 ～っけ

意義 是～嗎；是～吧（用於為了確認而詢問對方時）

連接 【常體】＋っけ

例句

➤ 今日は何日だっけ？
今天是幾號呀？

➤ あの人は田村さんだったっけ？
那個人是田村先生吧？

➤ 彼の名前、何だっけ？
他的名字，叫什麼呀？

---

213 ～っこない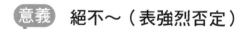

意義 絕不～（表強烈否定）

連接 【動詞ます形】＋っこない

例句

➤ 私がどんなに悲しいか、あなたにはわかりっこない。
我有多難過，你一定不會懂。

➤ こんな雨じゃ、野球なんかできっこない。
這樣的雨，絕對沒辦法打棒球。

➤ 田村さんはスポーツが嫌いらしいから、誘っても行きっこない。
田村先生好像討厭運動，所以就算約了他，也一定不會去。

一、初級篇（N4、N5）

二、中級篇（N2、N3）

三、高級篇（N1）

附錄

214 ～って N3

意義 聽說～（表引用、傳聞）

連接 【常體】＋って

例句

➤ 駅前に新しいデパートができたって。
聽說車站前開了一家新百貨公司。

➤ あの人、結婚したんだって。
聽說那個人結婚了。

➤ 彼女が主役だって言っていましたよ。
人家說她是主角喔！

---

215 ～つつ N2

意義 ①一邊～一邊～（表動作同時進行）
②雖然～但是～（表逆態接續）

連接 【動詞ます形】＋つつ

例句

➤ 窓から外の景色を眺めつつ、お酒を飲む。
一邊從窗子眺望外面的風景，一邊喝著酒。

➤ 悪いと知りつつ、試験で人の答えを見てしまった。
雖然知道不好，但考試中還是看了別人的答案。

➤ 騙されていると知りつつ、受け入れた。
明知道被騙，但還是接受了。

216 〜つつある N2

意義 正在〜

連接 【動詞ます形】＋つつある

例句

➤ 夕日は山の向こうに沈みつつある。
夕陽正沉入山的另一頭。

➤ 患者は健康を回復しつつある。
患者持續恢復健康。

➤ 自然が破壊されつつある。
自然正遭受破壞。

217 〜つもりはない N3

意義 沒有〜的打算（句型 042「〜つもりだ」之強烈否定用法）

連接 【動詞辭書形】＋つもりはない

例句

➤ 今年、日本語能力試験を受けるつもりはありません。
今年沒有參加日語能力測驗的打算。

➤ 新しい車を買うつもりはありません。
沒有買新車的打算。

➤ 国へ帰るつもりはない。
沒有回國的打算。

218 ～っぽい N2

意義 感到～；容易～

連接 【動詞ます形・イ形容詞（～い）・名詞】＋っぽい

例句

➤ 年のせいか、このごろ忘れっぽくなってしまった。
大概是年紀的關係，最近變得很健忘。

➤ あの子は小学生なのに、とても大人っぽい。
那孩子雖然是小學生，但卻非常有大人樣。

➤ この洗濯物はおととい干したものなのに、まだ湿っぽい。
這個洗好的衣服前天就晾了，卻還濕濕的感覺。

219 ～ていただけませんか N3

意義 能不能請您～？
（比句型 048 「～てくださいませんか」更禮貌的說法）

連接 【動詞て形】＋いただけませんか

例句

➤ 写真を撮っていただけませんか。
能不能請您幫我拍張照？

➤ 道を教えていただけませんか。
能不能請您告訴我路？

➤ テレビの音を小さくしていただけませんか。
能不能請您將電視關小聲一點？

220 ～て以来 N2

意義 自從～之後（後面接持續的行為）

連接 【動詞て形】＋以来

例句

➤ 日本に来て以来、ずっと大学院に通っています。
自從來到日本，就一直在讀研究所。

➤ 4月に入社して以来、1日も休んだことがない。
自從四月進公司以來，一天也沒請假過。

➤ 卒業して以来、彼には一度も会っていない。
畢業之後，和他一次也沒見過。

221 ～ていられない N2

意義 不能一直～

連接 【動詞て形】＋いられない

例句

➤ もう待っていられないから、先に行こう。
不能一直等下去，我們先走吧！

➤ 腰の痛みで座っていられません。
腰痛無法久坐。

➤ もう黙っていられない。
已經不能再沉默下去了。

222 ～てからでないと ／ ～てからでなければ N2

意義 不先～的話

連接 【動詞て形】＋からでないと・からでなければ

例句

➤ 宿題が済んでからでないと、テレビを見てはいけない。
不先完成作業的話，不可以看電視。

➤ 実際に使ってからでなければ、よいかどうか言えない。
不先實際使用的話，無法說好不好。

➤ 社長の許可をもらってからでないと、私には決められない。
沒有先得到社長的許可的話，我不能決定。

223 ～てくれ（と） N3

意義 用於命令、請託句型之引用

連接 【動詞て形】＋くれ（と言われた・と注意された・と頼まれた）

例句

➤ 友だちに先生のメールを教えてくれと頼まれました。
被朋友拜託告訴他老師的電子信箱。

➤ 社長から辞めてくれと言われて、仕方なく会社を辞めました。
社長要我辭職，沒辦法，只好離開公司了。

➤ このことは先生に言わないでくれと言われました。
人家告訴我這一件事不要告訴老師。

224 〜てこそ N2

意義 ～才

連接 【動詞て形】＋こそ

例句

➤ お互いに率直に話し合ってこそ理解し合える。
互相誠摯的對話，才能互相了解。

➤ 入院してこそ、健康の大切さがわかった。
住了院才了解健康的重要。

➤ 出席してこそ、授業の意味がある。
出席才有修課的意義。

---

225 〜てごらん N3

意義 試著～！
（句型 **055**「〜てみる」之命令用法，比「〜てみろ」有禮貌）

連接 【動詞て形】＋ごらん（なさい）

例句

➤ もう一度言ってごらん。
再說一次看看！

➤ これ、食べてごらん。
這個，吃吃看！

➤ できるがどうかわからないが、とにかくやってごらんなさい。
雖然不知道做不做得到，總之做做看！

226 **～てしかたがない / ～てしようがない / ～てしょうがない** ♥ N2

意義 非常～（表示情感、感覺、困擾的狀態）

連接 【各詞類て形】＋しかたがない・しようがない・しょうがない

例句

➤ ノートパソコンがほしく<u>てしかたがない</u>。
非常想要筆記型電腦。

➤ 寒く<u>てしようがない</u>。
冷得受不了。

➤ 何もすることがなくて、今日は暇<u>でしょうがない</u>。
沒事做，今天閒得受不了。

227 **～てたまらない** ♥ N2

意義 非常～（強調難以忍受）

連接 【各詞類て形】＋たまらない

例句

➤ 試験の結果が心配<u>でたまらない</u>。
非常擔心考試的結果。

➤ 国に帰りたく<u>てたまらない</u>。
非常想回國。

➤ 徹夜のせいか、頭痛がし<u>てたまらない</u>。
因為熬夜的關係吧，頭痛得受不了。

(228) ～てならない  N2

意義 非常～（用於自然產生的感覺）

連接 【各詞類て形】＋ならない

例句

➤ もう１点で合格したかと思うと、悔しくてならない。
一想到再一分就合格了，就非常懊惱。

➤ 夜遅くなっても息子が帰ってこないので、母親は心配でならない。
因為到深夜兒子都還沒回來，母親擔心得不得了。

➤ この写真を見ていると、あの頃のことが思い出されてならない。
看著這張照片，就會非常懷念當時的事。

---

(229) ～てばかりはいられない N2

意義 不能一直～（比句型 (221)「～ていられない」更強烈）

連接 【動詞て形】＋ばかりはいられない

例句

➤ 先生に聞いてばかりはいられない。自分でやってみよう。
不能一直問老師。自己做做看吧！

➤ 体の調子が悪いが、仕事を休んでばかりもいられない。
雖然身體不舒服，但是也不能一直請假。

➤ 不合格だったからといって、悲しんでばかりはいられない。
雖說落榜，但也不能一直難過。

一、初級篇（N4、N5）

二、中級篇（N2、N3）

三、高級篇（N1）

附錄

230 ～てはじめて N2

意義 ～之後，才～

連接 【動詞て形】＋はじめて

例句

➤ 入院してはじめて、看護師の仕事の大変さがわかった。
住院之後，才了解護理師工作的辛苦。

➤ 彼女と別れてはじめて、彼女のよさを知った。
和女朋友分手之後，才了解她的好。

➤ 自分でやってはじめて、スポーツのおもしろさがわかる。
親身嘗試之後，才會了解運動的有趣。

231 ～てはならない N3

意義 不可以～（表禁止，同句型 057「～てはいけない」）

連接 【動詞て形】＋はならない

例句

➤ 法律を犯してはならない。
不可以犯法！

➤ これは輸入してはならない貨物です。
這是禁止進口的貨物！

➤ このことは決して忘れてはならない。
這件事絕對不可以忘記！

(232) ～てほしい N3

意義 希望～（表說話者希望對方做某件事）

連接 【動詞て形】＋ほしい

例句

> まじめに勉強してほしいです。
> 希望你認真讀書。

> 早く暖かくなってほしいです。
> 希望早點變暖和。

> スケジュールが決まったら、すぐ知らせてほしいです。
> 行程確定的話，希望立刻通知我。

(233) ～てまで ／ ～までして N2

意義 甚至～；連～

連接 【動詞て形】＋まで／【名詞】＋までして

例句

> あの人は人をだますようなことまでして、お金をもうけた。
> 那個人甚至還做了騙人這種事賺了一大筆錢。

> 親にうそをついてまで遊びに行った。
> 甚至騙了父母出去玩。

> 体を壊すようなことまでしてダイエットはしたくない。
> 我不想要減肥到弄壞身體。

（234）〜てみせる N3

意義 〜給你看

連接 【動詞て形】＋みせる

例句

➤ 私は合格してみせます。
我會考上給你看！

➤ 今度は必ず勝ってみせる。
這一次一定贏給你看！

➤ 絶対、彼を奪ってみせる。
絕對搶走他給你看！

（235）〜ということだ N3

意義 ①據說〜（表傳聞）　②也就是〜（表換句話說）

連接 【常體】＋ということだ

例句

➤ 水道工事で夜まで断水するということだ。
聽說因為水管施工，會停水到晚上。

➤ もうすぐ帰れるということだ。
聽說馬上能回去了。

➤ 「フォント」というのは、つまり「文字」ということだ。
所謂「フォント」，就是「文字」。

236 ～というと ／ ～といえば N2

意義 說到～（表示聯想）

連接 【名詞】＋というと・といえば

例句

➤ 夏のスポーツといえば、やっぱり水泳ですね。
　　說到夏天的運動，還是游泳呀！

➤ 田中さんというと、今ごろどうしているんでしょうか。
　　說到田中先生，現在在做什麼呢？

➤ 仙台というと、花火がきれいでしょう。
　　說到仙台，煙火很漂亮吧！

237 ～といったら N2

意義 說到～真是令人～（表示驚訝、感動的心情）

連接 【名詞】＋といったら

例句

➤ その時のうれしさといったら、口では言い表せないほどだった。
　　說到當時的喜悅，幾乎是無法用言語表達。

➤ 試合で負けた時の悔しさといったら、今でも忘れられない。
　　說到在比賽落敗的悔恨，到現在也忘不了。

➤ 太郎の頑張りといったら、先生の私も頭が下がるくらいだ。
　　說到太郎的努力，連身為老師的我都快要低頭了。

238 〜というのは N3

意義 所謂的〜（用於解釋字詞）

連接 【各詞彙】＋というのは

例句

➤ 週刊誌というのは、毎週 1 回出る雑誌のことです。
所謂的週刊就是每個星期出刊一次的雜誌。

➤ メールというのは、手紙のことじゃなくて E メールのことです。
所謂的「メール」，指的不是信，而是電子郵件。

➤ パソコンというのは、パーソナルコンピューターのことです。
所謂的「PC」，指的是個人電腦。

239 〜というものだ N2

意義 真是〜啊！（表示情感）

連接 【常體】＋というものだ（名詞、ナ形容詞的「だ」常省略）

例句

➤ 1 人でインドへ旅行するのは心細いというものだ。
隻身一人到印度旅行，真是非常緊張啊！

➤ この忙しいときに会社を休むなんて、自分勝手というものだ。
這麼忙的時候還跟公司請假，真是自私啊！

➤ これこそ本当の幸福というものだ。
這才是真的幸福啊！

240 ～というものではない  N2

意義 　未必～；並非～

連接 　【常體】＋というものではない

例句

> 勉強時間が長ければ長いほどいい<u>というものではない</u>。
> 讀書時間未必愈久愈好。

> 日本語は習っていれば話せるようになる<u>というものではない</u>。
> 就算學日文，未必就會說。

> 安ければ安いほどよく売れる<u>というものではない</u>。
> 未必愈便宜賣得愈好。

241 ～というより 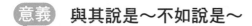 N2

意義 　與其說是～不如說是～

連接 　【常體】＋というより（名詞、ナ形容詞的「だ」常省略）

例句

> 暖房が効きすぎて、暖かい<u>というより</u>暑い。
> 暖氣開太強了，與其說是暖和，還不如說是熱。

> この辺はにぎやか<u>というより</u>、うるさいくらいだ。
> 這一帶與其說是熱鬧，還不如說是吵鬧。

> この本は子供向け<u>というより</u>、
> 大人のために書かれたものだろう。
> 這本書與其說是給小孩看的，不如說是為大人寫的吧！

一、初級篇（N4、N5）

二、中級篇（N2、N3）

三、高級篇（N1）

附錄

(242) ～といっても N2

意義 就算～；雖說～

連接 【常體】＋といっても

例句

➤ 日本（にほん）で暮（く）らしたことがあるといっても、実（じつ）は2か月（げつ）だけなんです。
雖說曾經在日本生活過，但其實只有兩個月而已。

➤ 昼（ひる）ご飯（はん）を食（た）べたといっても、サンドイッチだけなんです。
雖說吃過午飯了，但只是三明治而已。

➤ 本屋（ほんや）で働（はたら）いているといっても、ただのアルバイトなんです。
雖說在書店工作，但只是打工而已。

(243) ～れといわれた ／ ～なといわれた N3

意義 被要求要～／被要求不要～

連接 【動詞命令形・動詞禁止形】＋と
＋いわれた（注意（ちゅうい）された・頼（たの）まれた）

例句

➤ 先生（せんせい）に早（はや）く帰（かえ）れと注意（ちゅうい）されました。
被老師警告要早點回家。

➤ 明日（あした）は7時（しちじ）までに学校（がっこう）に来（こ）いといわれました。
被要求明天七點前要到學校。

➤ 医者（いしゃ）にタバコを吸（す）うなといわれました。
被醫生要求不要抽菸。

(244) ～とおりに ／ ～どおりに N3

意義 如同～；依照～

連接 【動詞辭書形・動詞た形・名詞＋の】＋とおりに
【名詞】＋どおりに

例句

➤ 先生のおっしゃった<u>とおりに</u>やってみましょう。
照著老師所說的做做看吧！

➤ 計画の<u>とおりに</u>進める。
依計畫舉行。

➤ 説明書<u>どおりに</u>組み立ててください。
請依照說明書組裝。

(245) ～とか N2

意義 聽說～（表不是很確定的傳聞）

連接 【常體】＋とか

例句

➤ 新聞によると、九州は昨日大雨だった<u>とか</u>。
根據報紙，聽說九州昨天下大雨。

➤ 明日先生がいらっしゃる<u>とか</u>。
聽說老師明天要來。

➤ 明日から出張だ<u>とか</u>。
聽說明天起要出差。

246 **～とか～とか** N3

意義　～啦、～啦（表列舉）

連接　【常體】＋とか（名詞省略「だ」）

例句

➤ 毎日掃除とか洗濯とかに追われて、ゆっくり本を読む暇がない。
まいにちそうじ　　せんたく　　　　　　　　　　　　　　　　　　　　ほん　よ　ひま
　　每天忙著打掃啦、洗衣啦，沒時間好好看書。

➤ 時々散歩するとか運動するとかしたほうがいいですよ。
ときどきさんぽ　　　　　　うんどう
　　偶爾要散散步、做做運動比較好喔！

➤ この夏休みには、フランスとかイギリスとかへ行きました。
　　　なつやす　　　　　　　　　　　　　　　　　　　　　い
　　這個暑假，我去了法國、英國等等地方。

247 **～どころか** N2

意義　別說是～，連～

連接　【常體】＋どころか

例句

➤ 今日は忙しくて、食事どころか、トイレに行く時間もない。
きょう　いそが　　　　しょくじ　　　　　　　　　　　　い　　じかん
　　今天很忙，別說是吃飯，連上洗手間的時間都沒有。

➤ 話をするどころか、会ってもくれなかった。
はなし　　　　　　　　　　　あ
　　別說是講話，連見都不見我。

➤ 鈴木さんは独身どころか、子供が2人もいるんだよ。
すずき　　　　どくしん　　　　　　こども　ふたり
　　鈴木小姐哪是單身，還有兩個小孩呢！

248 ～とく N3

意義 先～（句型 **053** 「～ておく」之短縮形）

連接 【動詞て形（～モ）】＋とく（「～で」變成「～どく」）

例句

➤ パーティーの前に、ビールを買っとく。
宴會前，要先買啤酒。

➤ 電話番号をノートに書いとこう。
先把電話號碼寫在筆記本上吧！

➤ 資料は読んどいた。
資料先看過了。

---

249 ～どころではない / ～どころじゃない

意義 哪能～

連接 【動詞辭書形・名詞】＋どころではない・どころじゃない

例句

➤ 受験を前にして、花見どころではない。
就要考試了，哪有空賞花。

➤ レポートがたくさんあって、映画を見ているどころではない。
有很多報告，哪能看電影。

➤ お金がないから、旅行どころじゃない。
因為沒錢，所以哪能旅行。

250 ～ところに / ～ところへ / ～ところを N2

意義 正當～時候

連接 【動詞辭書形・動詞た形・動詞ている形・イ形容詞】
　　＋ところに・ところへ・ところを

例句

➤ 出かけようとしている<u>ところに</u>、電話がかかってきた。
正要出門的時候，來了通電話。

➤ お忙しい<u>ところを</u>、お邪魔してすみません。
百忙之中打擾您很抱歉。

➤ 授業が終わった<u>ところへ</u>、田中君が慌てて入ってきた。
正當下課時，田中同學才慌張入內。

251 ～としたら N2

意義 如果～

連接 【常體】＋としたら

例句

➤ もし日本に行く<u>としたら</u>、どこがいいでしょうか。
如果要去日本，哪裡好呢？

➤ もしここに100万円ある<u>としたら</u>、どうする？
如果這裡有一百萬日圓的話，會怎麼做？

➤ 今日、送る<u>としたら</u>、いつ着きますか。
如果今天寄的話，什麼時候會到呢？

一、初級篇（N4、N5）

二、中級篇（N2、N3）

三、高級篇（N1）

附錄

252 ～として N3

意義 作為～；以～身分

連接 【名詞】＋として

例句

➤ 留学生<ruby>留学生<rt>りゅうがくせい</rt></ruby>として、<ruby>日本<rt>にほん</rt></ruby>に<ruby>来<rt>き</rt></ruby>ました。
以留學生身分，來到了日本。

➤ <ruby>卒業祝<rt>そつぎょういわ</rt></ruby>いとして、<ruby>母<rt>はは</rt></ruby>からスーツをもらった。
從母親那裡得到了當作畢業賀禮的西裝。

➤ <ruby>彼<rt>かれ</rt></ruby>をお<ruby>客様<rt>きゃくさま</rt></ruby>として、きちんともてなす。
把他當客人好好地款待。

253 ～とともに N2

意義 和～一起；隨著～

連接 【名詞】＋とともに

例句

➤ <ruby>家族<rt>かぞく</rt></ruby>とともに、<ruby>沖縄<rt>おきなわ</rt></ruby>で<ruby>お正月<rt>しょうがつ</rt></ruby>を<ruby>過<rt>す</rt></ruby>ごしたい。
想和家人一起，在沖繩過年。

➤ <ruby>経済<rt>けいざい</rt></ruby>の<ruby>発展<rt>はってん</rt></ruby>とともに、<ruby>国民<rt>こくみん</rt></ruby>の<ruby>生活<rt>せいかつ</rt></ruby>は<ruby>豊<rt>ゆた</rt></ruby>かになった。
隨著經濟發展，國民的生活變得富裕了。

➤ <ruby>友人<rt>ゆうじん</rt></ruby>とともに、<ruby>旅行<rt>りょこう</rt></ruby>に<ruby>行<rt>い</rt></ruby>く。
和朋友一起去旅行。

一、初級篇（N4、N5）

二、中級篇（N2、N3）

三、高級篇（N1）

附錄

254 ～とは（1） N3

意義 所謂的～（句型 238 「～というのは」的簡單說法）

連接 【各詞彙】＋とは

例句

➤ 週刊誌とは毎週１回出る雑誌のことです。
所謂的週刊就是每個星期出刊一次的雜誌。

➤ メールとは手紙のことじゃなくて、Ｅメールのことです。
所謂的「メール」，指的不是信，而是電子郵件。

➤ パソコンとはパーソナルコンピューターのことです。
所謂的「ＰＣ」，指的是個人電腦。

255 ～とみえて N3

意義 看起來～；好像～

連接 【常體】＋とみえて

例句

➤ 夏休みが始まったとみえて、電車には学生の姿が少ない。
暑假好像開始了，電車上很少學生的身影。

➤ 田中さんは病気だとみえて、３日間も休んでいる。
田中先生好像生病了，有三天沒來了。

➤ 隣の授業は楽しいとみえて、よく笑い声が聞こえてくる。
隔壁的課好像很有趣，常常傳來笑聲。

256 ～ないかぎり N2

意義 只要不～

連接 【動詞ない形】＋かぎり

例句

➤ 熱が下がらないかぎり、学校へ行ってはいけません。
只要沒退燒，就不能上學。

➤ このテレビ局は許可がないかぎり、見学できません。
這個電視台只要沒有許可，就不能參觀。

➤ 彼が謝らないかぎり、絶対に許しません。
只要他不道歉，我絕對不原諒。

257 ～ないことには N2

意義 不～，就～

連接 【動詞ない形】＋ことには

例句

➤ 食べてみないことには、おいしいかどうかわからない。
不吃吃看，就不知道好不好吃。

➤ 社長が来ないことには、会議が始められない。
社長不來，會議就無法開始。

➤ 実際に会ってみないことには、どんな人かはわからない。
不實際見個面，就不知道是怎樣的人。

258 ～ないことはない ／ ～ないこともない N2

意義 不是不～

連接 【動詞ない形】＋ことはない・こともない

例句

➤ すぐ行けば、間に合わないこともない。
如果馬上走，也不是來不及。

➤ その件は、無理すればやれないこともないんですが……。
勉強一點的話，那件事也未必辦不成……。

➤ 「3日でできますか」「できないことはないですが……」
「三天辦得到嗎？」「也不是辦不到……。」

259 ～ないでほしい N3

意義 希望不要～（句型 232 「～てほしい」之否定用法）

連接 【動詞ない形】＋でほしい

例句

➤ 私が言ったことは言わないでほしい。
希望不要告訴別人是我說的。

➤ 国へ帰っても、私たちのことを忘れないでほしいです。
即使回國了，也希望不要忘記我們。

➤ 車を家の前に止めないでほしいです。
希望不要把車子停在我家前面。

260 ～ないと N3

意義 一定～（表義務，同句型 262「～なきゃ」、句型 263「～なくちゃ」）

連接 【動詞ない形】＋と

例句

➤ 早く行かないと。
一定要早點去。

➤ すぐ出かけないと。
一定要立刻出門。

➤ 早く食べないと。
一定得快點吃。

261 ～ながら N2

意義 雖然～但是～（表逆態接續）

連接 【動詞ます形・イ形容詞・ナ形容詞・名詞】＋ながら

例句

➤ 毎日運動をしていながら、全然やせない。
儘管每天都做運動，但完全沒有瘦。

➤ このカメラは小型ながら、性能はよい。
這個相機雖然是小型的，但性能很好。

➤ 花子は体が小さいながら、なかなか力がある。
花子雖然身材嬌小，但卻很有力氣。

262 ～なきゃ N3

意義 一定要～（句型 077「～なければならない／～なければいけない」之短縮形）

連接 【動詞ない形（～な~~い~~）】＋きゃ

例句

➤ 早_{はや}く行_いかなきゃ。
一定要早點去。

➤ すぐ出_でかけなきゃ。
一定要立刻出門。

➤ 早_{はや}く食_たべなきゃ。
一定得快點吃。

263 ～なくちゃ N3

意義 一定要～（句型 074「～なくてはいけない／～なくてはならない」之短縮形）

連接 【動詞ない形（～な~~い~~）】＋くちゃ

例句

➤ 早_{はや}く行_いかなくちゃ。
一定要早點去。

➤ すぐ出_でかけなくちゃ。
一定要立刻出門。

➤ 早_{はや}く食_たべなくちゃ。
一定得快點吃。

264 ～など / ～なんか / ～なんて N3

意義 ～等等；～之類的

連接 【名詞】＋など・なんか・なんて

例句

➤ 忙しくて、新聞など読む暇もない。
忙得連報紙都沒空看。

➤ カラオケなんか行きたくない。
卡拉OK之類的，我不想去。

➤ 映画なんてめったに見ない。
電影這類的，我很少看。

265 ～にあたって N2

意義 ～之前

連接 【動詞辭書形・名詞】＋にあたって

例句

➤ 研究発表をするにあたって、準備をしっかりする必要がある。
適值研究發表，需要確實準備。

➤ 開会にあたって、会長から一言あいさつがあります。
開會前，由會長來說句話。

➤ 試合に臨むにあたって、相手の弱点を研究しよう。
即將比賽前，研究對手的弱點吧。

266 ～において / ～における N2

意義 在～；於～

連接 【名詞】＋において・における

例句

➤ 鈴木さんの結婚式は有名なホテルにおいて行われます。
鈴木先生的婚禮在知名飯店舉行。

➤ 病院における携帯電話の使用は禁止されている。
禁止在醫院裡使用行動電話。

➤ 調査の過程において、様々なことが明らかになった。
在調查的過程中，許多事情都明朗了。

267 ～に応じて N2

意義 依～

連接 【名詞】＋に応じて

例句

➤ 人は地位に応じて、社会的責任も重くなる。
人依地位不同，社會責任也會變重。

➤ お客の予算に応じて、料理を用意します。
依客人的預算準備菜色。

➤ 規則に応じて、処理する。
依規定處理。

268 〜にかかわらず ／ 〜にかかわりなく

意義 不管〜

連接 【動詞辭書形・動詞ない形・名詞】
＋にかかわらず・にかかわりなく

例句
➤ 野球の試合は天候にかかわりなく、行われる。
棒球比賽不管天候如何，都會舉行。

➤ 留学するしないにかかわらず、日本語能力試験は必要だ。
不管留不留學，日語能力測驗都是必須的。

➤ 点数にかかわらず採用する。
不管分數如何，都錄取。

---

269 〜にもかかわらず

意義 儘管〜但是〜（表逆態接續）

連接 【常體】＋にもかかわらず
（例外：名詞、ナ形容詞不加「だ」，可加「である」）

例句
➤ 次郎さんは若いにもかかわらず、しっかりしている。
次郎先生儘管很年輕，但卻很可靠。

➤ 今日は平日だったにもかかわらず、行楽地は人でいっぱいだった。
儘管今天是平日，觀光區還是人滿為患。

➤ 努力したにもかかわらず、失敗に終わった。
儘管努力了，但還是以失敗做結束。

一、初級篇（N4、N5）

二、中級篇（N2、N3）

三、高級篇（N1）

附録

一、初級篇（N4、N5）

二、中級篇（N2、N3）

三、高級篇（N1）

附錄

270 ～に限_{かぎ}る N2

意義 ①只有～；僅限～　②～最好

連接 ①【名詞】＋に限_{かぎ}る
②【動詞辭書形・動詞ない形・名詞】＋に限_{かぎ}る

例句

➤ 参加者_{さんかしゃ}は男性_{だんせい}に限_{かぎ}る。
參加者僅限男性。

➤ この薬_{くすり}の使用_{しよう}は緊急_{きんきゅう}の場合_{ばあい}に限_{かぎ}る。
這個藥品的使用，僅限於緊急情況。

➤ 疲_{つか}れた時_{とき}は、お風呂_{ふろ}に入_{はい}って寝_ねるに限_{かぎ}る。
疲倦的時候，泡個澡睡覺最好。

271 ～に限_{かぎ}らず N2

意義 不只～

連接 【名詞】＋に限_{かぎ}らず

例句

➤ 日本_{にほん}に限_{かぎ}らず、どこの国_{くに}でも環境問題_{かんきょうもんだい}が深刻_{しんこく}になっている。
不只日本，不管哪個國家環境問題都變得很嚴重。

➤ 子供_{こども}に限_{かぎ}らず、大人_{おとな}も漫画_{まんが}を読_よむ。
不僅小孩，連成人都看漫畫。

➤ あそこは夏_{なつ}に限_{かぎ}らず、冬_{ふゆ}も賑_{にぎ}わう。
那裡不僅夏天，冬天也很熱鬧。

(272) ～にかけては N2

意義 在～方面

連接 【名詞】＋にかけては

例句

➤ 英語にかけては、田中君はいつもクラスで1番だ。
在英文方面，田中同學總是班上第一名的。

➤ マラソンにかけては、自信があります。
在馬拉松方面有自信。

➤ ダンスにかけては、彼の右に出る者はいない。
在舞蹈這方面，無人能出其右。

(273) ～に代わって N2

意義 代替；不是～而是～

連接 【名詞】＋に代わって

例句

➤ 社長に代わって、私がごあいさつさせていただきます。
請讓我代替社長跟大家打聲招呼。

➤ 将来、人間に代わって、ロボットが家事をやってくれるだろう。
未來機器人會取代人類，幫我們做家事吧！

➤ 急病の母に代わって、父が出席した。
代替突然生病的母親，父親出席了。

274 ～に関して N3

意義 關於～

連接 【名詞】＋に関して

例句

➤ 事故の原因に関して、ただ今調査中です。
關於事故的原因，目前正在調查。

➤ この問題に関して、鈴木が説明致します。
關於這個問題，由鈴木來說明。

➤ そのことに関しては興味がない。
關於那件事，我沒興趣。

275 ～にきまっている N2

意義 一定～

連接 【常體】＋にきまっている

例句

➤ そんなにたくさんお酒を飲んだら、酔っ払うにきまっている。
喝那麼多的酒，一定會喝醉。

➤ 一流のレストランだから、高いにきまっている。
因為是一流的餐廳，所以一定很貴。

➤ あの人の話はうそにきまっている。
那個人的話一定是謊言。

276 〜に比^{くら}べて N2

意義 比起〜；和〜相比

連接 【名詞】＋に比^{くら}べて

例句

➤ 去年^{きょねん}に比^{くら}べて、今年^{ことし}の夏^{なつ}は暑^{あつ}い。
和去年相比，今年夏天很熱。

➤ 弟^{おとうと}に比^{くら}べて、兄^{あに}は数学^{すうがく}が得意^{とくい}だ。
和弟弟相比，哥哥數學很拿手。

➤ 東京^{とうきょう}に比^{くら}べて、大阪^{おおさか}の方^{ほう}が物価^{ぶっか}が安^{やす}い。
和東京相比，大阪物價比較便宜。

277 〜に加^{くわ}えて N2

意義 不只〜，再加上〜

連接 【名詞】＋に加^{くわ}えて

例句

➤ 雨^{あめ}に加^{くわ}えて、風^{かぜ}も激^{はげ}しくなってきた。
不只是雨，風也大了起來。

➤ ガス代^{だい}に加^{くわ}えて、電気代^{でんきだい}も大^{おお}きな割合^{わりあい}を占^しめている。
不只是瓦斯費，電費也佔了很大的比例。

➤ 運動不足^{うんどうぶそく}に加^{くわ}えて、睡眠時間^{すいみんじかん}もほとんどなく、
ついに病気^{びょうき}になった。

運動不足，再加上幾乎沒有睡眠時間，終於生病了。

278 〜にこたえて N2

意義 回應〜

連接 【名詞】＋にこたえて

例句

> 社員の要求にこたえて、社員食堂を増設した。
> 回應員工的要求，增設了員工餐廳。

> アンコールにこたえて、彼は再び舞台に姿を現した。
> 回應安可，他再次出現在舞台上。

> 学生の要望にこたえて、
> 祝祭日も図書館を開館することになった。
> 因應學生的要求，連國定假日圖書館也開館了。

---

279 〜に際して N2

意義 〜之際；〜的時候

連接 【動詞辭書形・名詞】＋に際して

例句

> 留学に際して、先生が励ましの言葉をくださった。
> 留學之際，老師給了我鼓勵的話語。

> オリンピックの開催に際して、多くの施設が建てられた。
> 籌備奧運之際，建設了許多設施。

> 受験に際して、時間には特に注意してください。
> 考試時，請特別留意時間。

一、初級篇（N4、N5）

二、中級篇（N2、N3）

三、高級篇（N1）

附錄

280 〜に先立（さきだ）って N2

意義 在〜之前

連接 【動詞辭書形・名詞】＋に先立（さきだ）って

例句

➤ 工事開始（こうじかいし）に先立（さきだ）って、近所（きんじょ）にあいさつをしなければならない。
開始施工前，一定要跟附近打聲招呼。

➤ 論文作成（ろんぶんさくせい）に先立（さきだ）って、多（おお）くの資料（しりょう）を集（あつ）める必要（ひつよう）がある。
寫論文前，需要蒐集許多資料。

➤ 一般公開（いっぱんこうかい）に先立（さきだ）って、試写会（ししゃかい）を催（もよお）す。
正式上映前，舉辦試映會。

281 〜に従（したが）って N2

意義 隨著〜；遵從〜；跟著〜

連接 【名詞・動詞辭書形】＋に従（したが）って

例句

➤ 南（みなみ）へ行（い）くに従（したが）って、桜（さくら）の花（はな）は早（はや）く咲（さ）く。
隨著往南行，櫻花會愈早開。

➤ 係員（かかりいん）の指示（しじ）に従（したが）って、お入（はい）りください。
請依工作人員的指示進入。

➤ 社長（しゃちょう）に従（したが）って、ヨーロッパを視察（しさつ）する。
跟著社長視察歐洲。

(282) ～にしたら ／ ～にすれば ／ ～にしても N2

意義 以～的立場

連接 【常體】＋にしたら・にすれば・にしても
（例外：名詞、ナ形容詞不加「だ」）

例句

➤ 生徒にすれば、宿題は少ないほどいいだろう。
以學生的立場，作業愈少愈好吧！

➤ 医者にしたら、タバコをやめるというのは当然でしょう。
以醫生的立場，戒菸是當然的吧！

➤ 勉強する時間がなかったにしても、その結果はひどすぎる。
就算是沒有讀書的時間，這樣的結果也太慘了。

(283) ～にしては N2

意義 以～而言

連接 【常體】＋にしては（例外：名詞、ナ形容詞不加「だ」）

例句

➤ 彼は野球選手にしては、体が弱そうだ。
以棒球選手而言，他身體看來弱了點。

➤ 彼女は日本に10年もいたにしては、日本語が下手だ。
以在日本待了有十年來看，她日文很糟。

➤ このアパートは都心にしては、家賃が安い。
這間公寓以市中心來說，房租很便宜。

284 〜にしろ ／ 〜にせよ ／ 〜にしても N2

意義 ①即使〜也〜（句中有疑問詞時）

②無論〜還是〜（句中無疑問詞時）

連接 【常體】＋にしろ・にせよ・にしても

（例外：名詞、ナ形容詞不加「だ」，可加上「である」）

例句

➤ どんな優秀な人間にしろ、短所はあるものだ。

即使再優秀的人，都會有缺點。

➤ メールにしろ電話にしろ、早く連絡したほうがいい。

無論電子郵件還是電話，早點聯絡比較好。

➤ 妻にせよ子供にせよ、彼の気持ちを理解しようとはしていない。

無論是妻子還是小孩，都沒有想要瞭解他的想法。

285 〜にすぎない N2

意義 只不過〜

連接 【常體】＋にすぎない

例句

➤ コンピューターは人間が作った機械にすぎない。

電腦不過是人類所生產的機器。

➤ クラスでこの問題に正しく答えられた人は、2人にすぎなかった。

在班上能正確回答這個題目的，只不過兩個人。

➤ 彼の言うことは空想にすぎない。

他所說的，只不過是空想。

286 〜に相違（そうい）ない ♥ N2

意義 一定〜（同句型 **289**「〜に違（ちが）いない」，但稍微文言一些）

連接 【常體】＋に相違（そうい）ない

例句

➤ あの人（ひと）がやったに相違（そうい）ない。
一定是那個人幹的。

➤ 留守中（るすちゅう）に家（いえ）に来（き）たのは、田中（たなか）さんに相違（そうい）ない。
不在的時候來家裡的，一定是田中先生。

➤ この渋滞（じゅうたい）は、何（なに）か事故（じこ）があったに相違（そうい）ない。
這個塞車，一定是發生了什麼事故。

287 〜に沿（そ）って ♥ N2

意義 按照〜；順著〜

連接 【名詞】＋に沿（そ）って

例句

➤ 会社（かいしゃ）の方針（ほうしん）に沿（そ）って、新（あたら）しい計画（けいかく）を立（た）てる。
依公司的政策，訂立新計畫。

➤ 線路（せんろ）に沿（そ）って、商店街（しょうてんがい）が立（た）ち並（なら）んでいる。
沿著鐵道，商店街林立。

➤ 川（かわ）に沿（そ）って、まっすぐ進（すす）む。
沿著河川直直前進。

(288) ～に対_{たい}して N3

意義 ①對於～（表示對人的態度）　②相對於～（表示對比）

連接 【名詞】＋に対_{たい}して

例句

➤ 彼女_{かのじょ}は誰_{だれ}に対_{たい}しても礼儀_{れいぎ}正_{ただ}しい。
她不管對誰都很有禮貌。

➤ 北海道_{ほっかいどう}に対_{たい}して、沖縄_{おきなわ}の冬_{ふゆ}は暖_{あたた}かい。
相較於北海道，沖繩的冬天很溫暖。

➤ この品_{しな}は値段_{ねだん}に対_{たい}して、質_{しつ}が悪_{わる}い。
這項商品相較於價格，品質不好。

---

(289) ～に違_{ちが}いない N2

意義 一定～（同句型 (286) 「～に相違_{そうい}ない」，但稍微口語一些）

連接 【常體】＋に違_{ちが}いない

例句

➤ 彼_{かれ}が犯人_{はんにん}に違_{ちが}いない。
他一定是犯人。

➤ 彼女_{かのじょ}の表情_{ひょうじょう}から見_みて、本当_{ほんとう}のことを知_しっているに違_{ちが}いない。
從她的表情來看，一定知道事實。

➤ 明日_{あした}は晴_はれるに違_{ちが}いない。
明天一定會放晴。

（290） ～について N3

意義 關於～（同句型 274 「～に関して」，但稍微口語一些）

連接 【名詞】＋について

例句

> 大学では、日本の歴史について研究したいと思っています。
> 想要在大學研究關於日本的歷史。

> あの人の私生活について、私は何も知りません。
> 關於那個人的私生活，我什麼都不知道。

> 将来について、両親と真剣に語り合った。
> 關於將來，和父母親認真地談論了。

（291） ～につき N2

意義 由於～（表原因）

連接 【名詞】＋につき

例句

> 「本日は祭日につき休業」
> 「今天因國定假日停業。」

> 「工事中につき立入禁止」
> 「施工中禁止進入。」

> 改装中につき、しばらく休業致します。
> 裝修中暫時停止營業。

292 〜につけ（て） N2

意義 ①每當〜　②不論〜還是〜

連接 ①【動詞辭書形】＋につけて
②【動詞辭書形・イ形容詞・名詞】＋につけて

例句

➤ この歌を聞くにつけて、家族を思い出す。
每當聽到這首歌，就會想起家人。

➤ 彼女からの手紙を見るにつけ、その時のことが思い出される。
每當看見她寄來的信，就會想起當時的事。

➤ この野菜は茹でるにつけ、炒めるにつけ、とてもおいしい。
這個蔬菜不論燙還是炒，都非常好吃。

---

293 〜につれて N2

意義 隨著〜

連接 【動詞辭書形・名詞】＋につれて

例句

➤ 寒くなるにつれて、オーバーの売上が伸びてきた。
隨著天氣變冷，大衣的銷售量提昇了。

➤ 山は高くなるにつれて、気温が下がる。
隨著山愈高，氣溫就愈下降。

➤ 年をとるにつれて、体力が衰える。
隨著年齡增加，體力就愈衰退。

294 ～にとって N3

意義 對於～

連接 【名詞】＋にとって

例句

➤ 空気は生物にとって、なくてはならないものです。
空氣對於生物，是不可或缺的東西。

➤ 漢字は中国人学生にとって、やさしいです。
漢字對於中國學生來說很簡單。

➤ それは初心者にとって、簡単にできるものではない。
那個對初學者來說，不是簡單能辦到的。

295 ～に伴って N2

意義 伴隨著～

連接 【動詞辭書形・名詞】＋に伴って

例句

➤ 都市の拡大に伴って、様々な環境問題が生じた。
隨著都市的擴大，產生了各種環境問題。

➤ 日本語能力試験の日が近づくに伴って、
だんだん心配になってきた。
隨著日語能力測驗日的接近，漸漸地擔心了起來。

➤ 気温の上昇に伴って、湿度も上がってきた。
隨著氣溫上升，濕度也提高了起來。

(296) 〜に反して 💙 N2

意義 和〜相反

連接 【名詞】＋に反して

例句

➤ みんなの期待に反して、彼は試合に負けてしまった。
和大家的期待相反，他輸了比賽。

➤ 専門家の予想に反して、円高傾向が続いている。
和專家的預測相反，日圓升值的趨勢持續著。

➤ 予想に反して、業績が全く伸びない。
和預測相反，業績完全沒有成長。

(297) 〜にほかならない 💙 N2

意義 正是〜；就是〜

連接 【名詞】＋にほかならない

例句

➤ 言語は意思の伝達手段にほかならない。
語言就是傳達想法的方式。

➤ 彼女の成功は毎日の努力の結果にほかならない。
她的成功正是每天努力的結果。

➤ 子供に厳しくするのは、子供に対する愛情にほかならない。
對小孩嚴厲，就是對小孩的愛。

一、初級篇（N4、N5）

二、中級篇（N2、N3）

三、高級篇（N1）

附錄

298 ～に基づいて N2

意義 基於～；根據～

連接 【名詞】＋に基づいて

例句

➤ アンケートの結果に基づいて、この商品が開発された。
根據問卷結果，這項商品被開發了。

➤ この小説は実際に起きた事件に基づいて、書かれたものである。
這本小說是根據實際發生的事件所寫的。

➤ 規則に基づいて処理する。
基於規則處理。

299 ～によって N3

意義 ①以～（表示方法、手段） ②依～而～（表示各有不同）
③由於～（表示原因） ④表示無生物主語被動句之動作者

連接 【名詞】＋によって

例句

➤ あの問題は話し合いによって、解決した。
那個問題以協商解決了。

➤ 年によって、年間の総雨量が異なる。
每一年年總雨量都不同。

➤ 不注意によって、火事が起こった。
由於疏忽發生了火災。

➤ 『風の歌を聴け』は村上春樹によって書かれた。
《聽風的歌》是由村上春樹所寫的。

(300) ～によると N3

意義 根據～（表示傳聞的消息來源）

連接 【名詞】＋によると

例句

➤ 天気予報によると、明日は晴れるそうだ。
根據氣象報告，聽說明天會放晴。

➤ 祖母の話によると、昔、この辺は町の中心だったということだ。
據祖母所說，過去這一帶是市中心。

➤ 友達の手紙によると、先生が亡くなったそうだ。
據朋友的來信，聽說老師過世了。

(301) ～にわたって N2

意義 整個～；經過～

連接 【名詞】＋にわたって

例句

➤ 明日は関東地方の全域にわたって、雪が降ります。
明天整個關東地區都會下雪。

➤ 3週間にわたったオリンピック大会は、今日で幕を閉じます。
經過三星期的奧運，在今天就要閉幕了。

➤ 6時間にわたって討論した結果、このように決まった。
整整六個小時討論的結果，決定這個樣子了。

(302) ～ぬきで / ～ぬきに / ～ぬきの N2

意義 去除～；不含～

連接 【名詞】＋ぬきで・ぬきに・ぬきの

例句

➤ 最近、朝食ぬきで学校に行く小学生が多いらしい。
最近不吃早飯就去上學的小學生好像很多。

➤ 料金はサービス料ぬきで約2万円です。
費用扣掉服務費約二萬日圓。

➤ 朝から休憩ぬきで、もう8時間も働いている。
從早上就沒休息，已經工作了有八個小時。

(303) ～ぬく N2

意義 表示動作做到最後、堅持到底

連接 【動詞ます形】＋ぬく

例句

➤ これは考えぬいて出した結論です。
這是想到最後做出的結論。

➤ 彼は42キロのマラソンを走りぬいた。
他跑完四十二公里的馬拉松。

➤ 最後まで頑張りぬく。
努力到最後。

一、初級篇（N4、N5）

二、中級篇（N2、N3）

三、高級篇（N1）

附錄

304 ～ねばならない N3

意義 一定要～；不得不～
（表義務，同句型 077 的「～なければならない」）

連接 【動詞ない形（～ない）】＋ねばならない

例句

➤ 今日中に帰らねばならない。
一定要在今天之內回去。

➤ 言わねばならないときは、はっきり言ったほうがいい。
不得不說的時候，要說清楚比較好。

➤ 明日の朝は早く起きねばならない。
明天早上一定得早起。

---

305 ～の N3

意義 用於子句名詞化

連接 【名詞修飾形】＋の（名詞・ナ形容詞之後要接「な」）

例句

➤ 台風が来るから、山に行くのをやめました。
因為颱風要來，所以不去爬山了。

➤ 映画を見るのが好きです。
我喜歡看電影。

➤ 公園で子供が遊んでいるのが見えました。
看見了小孩在公園裡玩。

(306) 〜のみならず N2 ♥

意義 不僅〜；不只〜

連接 【常體】＋のみならず
（例外：名詞、ナ形容詞不需加「だ」，但可加「である」）

例句

➤ 父のみならず、母までも私を信用してくれない。
不只父親，連母親都不相信我。

➤ このスカートは色がよいのみならず、デザインも新しい。
這條裙子不只顏色好看，連設計都很新穎。

➤ 彼女は車の運転のみならず、修理もできる。
她不只會開車，還會修車。

(307) 〜のもとで ／ 〜のもとに N2 ♥

意義 在〜之下

連接 【名詞】＋のもとで・のもとに

例句

➤ 鈴木先生の指導のもとで、卒業論文を書き上げた。
在鈴木老師的指導之下，完成了畢業論文。

➤ 子供は親の保護のもとに、成長していく。
小孩在父母的保護之下成長。

➤ 法のもとでは誰でも平等だ。
法律之下人人平等。

308 〜ば〜ほど N3

意義 愈〜愈〜

連接 【各詞類假定形】＋【各詞類辭書形】＋ほど

例句

➤ この本は読めば読むほどおもしろいです。
這本書愈看愈有趣。

➤ 魚は新しければ新しいほどおいしいです。
魚愈新鮮愈好吃。

➤ カメラは操作が簡単なら簡単なほどいいです。
相機操作愈簡單愈好。

309 〜ばかりか / 〜ばかりでなく N2

意義 不僅〜而且〜

連接 【名詞修飾形】＋ばかりか・ばかりでなく
（例外：名詞後不加「の」）

例句

➤ 太郎は頭がいいばかりでなく、心の優しい子だ。
太郎不只聰明，還是個心地善良的小孩。

➤ 子供ばかりか、大人もアニメを見る。
不只小孩，連大人都看卡通。

➤ 彼は英語ばかりか、中国語も話せる。
他不只英文，也會說中文。

310 〜ばかりだ N2

意義 不斷地〜（表示狀況愈來愈糟）

連接 【動詞辭書形】＋ばかりだ

例句

➤ 状況は悪化するばかりだ。
狀況不斷惡化。

➤ ごみの量は全然減らないで、増えるばかりだ。
垃圾量完全沒減少，不斷地增加。

➤ 物価は上がるばかりだ。
物價不斷地上漲。

311 〜ばかりに N2

意義 只是因為〜

連接 【名詞修飾形】＋ばかりに（例外：名詞加「である」）

例句

➤ 数学の先生が嫌いなばかりに、数学も嫌いになってしまった。
只是因為討厭數學老師，就連數學也討厭了。

➤ 長女であるばかりに、家の掃除をさせられた。
只因為是長女，就被逼著打掃家裡。

➤ 古い魚を食べたばかりに、おなかを壊してしまった。
只是因為吃了不新鮮的魚，就弄壞肚子了。

③12 ～はずだった N3

意義 本來應該～；原本應該～
（句型 099 「～はずだ」之過去式用法）

連接 【名詞修飾形】＋はずだった

例句

> キムさんが来るはずだったが、急に病気で来られないそうです。
> 金先生本來應該會來，但是聽說突然生病所以無法前來。

> 10時に着くはずでしたが、渋滞で遅刻しました。
> 本來應該十點要到，但是因為塞車遲到了。

> 彼女と結婚していれば、今頃幸せな家庭を築いているはずだった。
> 如果和她結婚的話，現在應該有一個很幸福的家庭了。

---

③13 ～はともかく N2

意義 先不管～；姑且不論～

連接 【名詞】＋はともかく

例句

> 合格するかどうかはともかく、一応受験してみよう。
> 先不管會不會考上，就先考考看吧！

> この店の料理は味はともかく、値段は安い。
> 這家店的菜先不論味道，價格很便宜。

> 勝敗はともかく、悔いのない試合をしたい。
> 不管輸贏如何，想比一場不後悔的比賽。

㉛₄ ～はもちろん N3

意義 當然～；不用說～

連接 【名詞】＋はもちろん

例句

➤ 小学生はもちろん、大学生も漫画を読む。
小學生不用講，連大學生都看漫畫。

➤ 車で来たから、ウイスキーはもちろん、
ビールも飲まないほうがいい。
因為開車來，所以不用說威士忌，連啤酒都不要喝比較好。

➤ 彼は英語はもちろん、ドイツ語も話せる。
他英文不用講，連德文都會說。

㉛₅ ～はもとより N2

意義 當然～；不用說～（同 ㉛₄「～はもちろん」，但為較文言的說法）

連接 【名詞】＋はもとより

例句

➤ 日本語の勉強には、復習はもとより予習も大切だ。
學日文，複習是當然的，預習也很重要。

➤ この辺りは祭日はもとより、平日もにぎやかだ。
這一帶假日不用說，連平日也很熱鬧。

➤ このテーマパークは子供はもとより、大人も楽しめる。
這個主題樂園不用說小孩，大人也能開心享受。

316 ～反面 / ～半面 N2

意義 另一面～

連接 【名詞修飾形】＋反面・半面（例外：名詞加「である」）

例句

➤ あの先生はやさしい反面、厳しいところもある。
那位老師很溫柔，另一面卻也有很嚴厲的地方。

➤ この薬はよく利く反面、副作用が強い。
這個藥很有效，另一方面副作用也很強。

➤ このようなものは便利な半面、壊れやすいという欠点もある。
這種東西很方便，另一方面卻也有易壞這樣的缺點。

317 ～べき N3

意義 應該～（表示強烈的意見）

連接 【動詞辭書形】＋べき

例句

➤ 借りたお金は返すべきだ。
借錢應該要還。

➤ 規則は守るべきだ。
規定應該要遵守。

➤ 君は彼女に謝るべきだ。
你應該跟她道歉。

(318) 〜ほかない N2 ♥

意義 只好〜；只有〜
（表示沒有其他辦法，同句型 (193)「〜しかない」）

連接 【動詞辭書形・名詞】＋ほかない

例句

➤ 自分でできないのだから、誰かに頼むほかない。
因為自己做不到，所以只好看拜託誰。

➤ 決めたら、最後までやるほかない。
決定了的話，就只好做到最後。

➤ この病気を治すには、手術ほかない。
要治好這個病，只有開刀。

(319) 〜ほど（1） N3 ◆

意義 表程度（同句型 (168)「〜くらい／〜ぐらい」①）

連接 【動詞辭書形・動詞ない形・イ形容詞・名詞】＋ほど
（例外：ナ形容詞要加「な」）

例句

➤ 足が痛くて、もう一歩も歩けないほどだ。
腳痛得連一步都沒辦法再走了。

➤ あの小説はおもしろいほどよく売れる。
那本小說賣得好得嚇人。

➤ サッカーほどおもしろいスポーツはない。
沒有比足球更有趣的運動了。

一、初級篇（N4、N5）

二、中級篇（N2、N3）

三、高級篇（N1）

附錄

(320) 〜ほど（2） N3

意義 愈〜愈〜（句型 (308)「〜ば〜ほど」之省略說法）

連接 【動詞辭書形・名詞・イ形容詞・ナ形容詞＋な】＋ほど

例句

➤ アパートは駅に近いほど高いです。
公寓離車站愈近愈貴。

➤ 考えるほどわからなくなる。
愈想愈不懂。

➤ よく勉強する学生ほど成績がいいです。
愈用功的學生成績愈好。

(321) 〜まい N3

意義 ①不會〜吧！（表推測）
②絕不〜（表說話者強烈的否定念頭）

連接 動詞 → 【動詞まい形】

例句

➤ 明日、雨は降るまい。
明天，不會下雨吧！

➤ 鈴木さんは今度の旅行に参加するまい。
鈴木先生不會參加這次的旅行吧！

➤ もうあの人とは2度と会うまい。
絕不會和那個人再見面。

(322) ～まで N3

意義 連～；到～（表強調）

連接 【名詞】＋まで

例句

➤ そこまでする必要はない。
不需要做到那個地步。

➤ お母さんまで怒り始めました。
連媽媽都開始生氣了。

➤ 子供にまで笑われました。
甚至被小孩嘲笑了。

(323) ～み N3

意義 形容詞名詞化

連接 【イ形容詞（～い）・ナ形容詞】＋み

例句

➤ 父は年に一度の同窓会を楽しみにしています。
父親期待著一年一次的同學會。

➤ 田中さんは奥さんが亡くなって、悲しみに沈んでいます。
田中先生太太過世後就沉浸在悲傷之中。

➤ 真剣みが足りなかったから、先生に叱られました。
因為不夠認真，所以被老師罵了。

(324) ～みたい N3

意義 好像～（表推測或比喻，較句型 (109)「～よう」、(110)「～よう」口語之說法）

連接 【名詞修飾形】＋みたい
（名詞、ナ形容詞可直接加「みたい」）

例句

➤ あの人はどうやら日本人みたいです。
覺得那個人好像是日本人。

➤ 電気が消えていますから、太郎は寝ているみたいです。
燈關著，所以太郎好像已經睡了。

➤ あそこにお寺みたいな建物がある。
那裡有一間像佛寺的建築物。

(325) ～向き N2

意義 適合～

連接 【名詞】＋向き

例句

➤ この料理はやわらかくて、お年寄り向きだ。
這道菜很軟，很適合老年人。

➤ これは子供向きの絵本である。
這是適合小孩子的畫冊。

➤ これは若い女性向きの仕事である。
這是份適合年輕女性的工作。

326 ～向(む)け N2

意義 以～為對象（表目的）

連接 【名詞】＋向け

例句

➤ これは2級(にきゅう)の受験者(じゅけんしゃ)向(む)けに書(か)かれた文法書(ぶんぽうしょ)です。
這是以二級考生為對象所寫的文法書。

➤ この自転車(じてんしゃ)は子供(こども)向(む)けのものなので、大人(おとな)の君(きみ)には無理(むり)だ。
這輛腳踏車是給小孩子的，對大人的你太勉強了。

➤ この本(ほん)は学生(がくせい)向(む)けだが、一般(いっぱん)の人(ひと)が読(よ)んでもおもしろい。
這本書雖然是給學生看的，但一般人來讀也很有意思。

327 ～も～ば～も～ / ～も～なら～も～ N3

意義 又～又～（表並列，同句型 107「～も～し、～も～」）

連接 【名詞】＋も＋【各詞類假定形】＋【名詞】＋も

例句

➤ あの人(ひと)は踊(おど)りも上手(じょうず)なら歌(うた)も上手(じょうず)だ。
那個人舞跳得棒、歌也唱得棒。

➤ あのレストランは値段(ねだん)も安(やす)ければ味(あじ)もいいので、
よく食(た)べに行(い)く。
那家餐廳價格便宜、味道又好，所以常去吃。

➤ 彼女(かのじょ)は小説(しょうせつ)も書(か)けば詩(し)も作(つく)る。
她又寫小說又寫詩。

328 ～もかまわず N2 ♡

意義 不管～；不在乎～

連接 【名詞】＋もかまわず

例句

➤ 彼女は人目もかまわず、泣き出した。
かのじょ ひとめ な だ
她不管其他人的眼光，哭了出來。

➤ 太郎は服がぬれるのもかまわず、雨の中を走り続けた。
たろう ふく あめ なか はし つづ
太郎不管會淋濕衣服，繼續在雨中奔跑。

➤ 図書館であるにもかまわず、携帯電話を使うのは迷惑だ。
としょかん けいたいでんわ つか めいわく
不在乎是圖書館而使用行動電話會令人困擾。

---

329 ～もの N2 ♡

意義 因為～呀！（常用於辯解）

連接 【常體】＋もの

例句

➤ 「どうして食べないの？」「だって、きらいなんだもの」
た
「為什麼不吃呢？」「因為我討厭呀！」

➤ わからないんだもの、教えようがない。
おし
我不懂呀，沒辦法教。

➤ 「彼って嫌いよ。優しくないんだもの」
かれ きら やさ
「他啊，很討厭呀！因為不親切。」

一、初級篇（N4、N5）

二、中級篇（N2、N3）

三、高級篇（N1）

附錄

330 ～ものがある N2

意義 感到～

連接 【名詞修飾形】＋ものがある

例句

➤ 彼女の歌には、どこか人をひきつけるものがある。
她的歌聲，有某種吸引人之處。

➤ 1人で外国で暮らすのは、きついものがある。
隻身在國外生活感到很辛苦。

➤ 親しい友人が帰国してしまって、寂しいものがある。
親近的友人回國了，感到寂寞。

331 ～ものか N2

意義 絕不～（表強烈否定）

連接 【名詞修飾形】＋ものか

例句

➤ こんなに難しい問題がわかるものか。
這麼難的問題怎麼可能懂！

➤ あんな店、2度と行くものか。
那種店，絕對不會再去！

➤ そんなこと、あるものか。
絕對不會有那種事！

一、初級篇（N4、N5）

二、中級篇（N2、N3）

三、高級篇（N1）

附錄

332 **〜ものだ / 〜ものではない** N2

意義 ①〜啊（表感嘆）　②要〜（表示理所當然的事情）

連接 ①【名詞修飾形】＋ものだ・ものではない
　　 ②【動詞辭書形】＋ものだ・ものではない

例句

> 月日_{つきひ}のたつのは早_{はや}いものだ。
> 時間過得很快啊！

> 子供_{こども}は早_{はや}く寝_ねるものだ。
> 小孩要早睡！

> 無駄_{むだ}づかいをするものではないよ。
> 不可以浪費喔！

333 **〜ものだから** N2

意義 就是因為〜（強調原因）

連接 【名詞修飾形】＋ものだから

例句

> 出_でかけようとしたところに電話_{でんわ}がかかってきたものだから、遅_{おく}れてしまった。
> 就是因為正要出門時來了通電話，所以遲到了。

> 日本_{にほん}は物価_{ぶっか}が高_{たか}いものだから、生活_{せいかつ}が大変_{たいへん}だ。
> 就是因為日本物價很高，所以生活很不容易。

> あまりにおかしいものだから、つい笑_{わら}ってしまった。
> 就是因為太滑稽，所以不由得笑了出來。

334 ～ものなら N2

意義 要是～的話

連接 【動詞辭書形】＋ものなら

例句

➤ できるものなら、すぐにでも国へ帰りたい。
如果可以的話，我想馬上回國。

➤ 入れるものなら、東大に入りたい。
如果進得去的話，我想進東大。

➤ 行けるものなら、行ってみたい。
如果可以去的話，我想去看看。

335 ～ものの N2

意義 雖然～但是～（表逆態接續）

連接 【名詞修飾形】＋ものの

例句

➤ 気をつけていたものの、風邪を引いてしまった。
儘管一直很小心，但還是感冒了。

➤ 大学は出たものの、仕事が見つからない。
大學畢業了，但找不到工作。

➤ 出席すると返事はしたものの、行く気がしない。
儘管回答要參加，但卻不想去。

一、初級篇（N4、N5）

二、中級篇（N2、N3）

三、高級篇（N1）

附錄

336 〜やら〜やら  N2

意義 又〜又〜

連接 【動詞辭書形・イ形容詞・名詞・ナ形容詞】＋やら

例句

> 泣くやら騒ぐやらでとても困った。
> 又哭又鬧，真是傷腦筋。

> 来週は試験やらレポートやらで忙しくなりそうだ。
> 下個星期又要考試又要交報告，看來會變得很忙。

> 太郎の部屋は食べかけのパンやら、
> 読みかけの雑誌やらが散らかっている。
> 太郎的房間散落著吃一半的麵包、看一半的雜誌。

---

337 〜ようがない 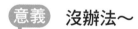 N2

意義 沒辦法〜

連接 【動詞ます形】＋ようがない

例句

> あの人はどこにいるかわからないので、知らせようがない。
> 因為不知道那個人在哪裡，所以無法通知。

> このカメラはこんなに壊れてしまったから、直しようがない。
> 這台相機壞成這樣，沒辦法修。

> 電話番号がわからないので、あの人には連絡の取りようがない。
> 因為不知道電話號碼，所以無法和那個人取得聯繫。

一、初級篇（N4、N5）

二、中級篇（N2、N3）

三、高級篇（N1）

附錄

338　〜ように言う / 〜ように頼む / 〜ように注意する　N3

意義　要〜；希望〜（命令句型之間接引用）

連接　【動詞辭書形・動詞ない形】＋ように
＋言う・頼む・注意する

例句

➤ 医者は患者にタバコをやめるように注意しました。
醫生警告患者要戒菸。

➤ 先生に来週までにレポートを出すように言われました。
被老師要求下星期前要交報告。

➤ 父にビールを買ってくるように頼まれました。
被爸爸拜託要買啤酒回來。

339　〜わけがない / 〜わけはない　N2

意義　不可能〜

連接　【名詞修飾形】＋わけがない・わけはない

例句

➤ けちな田村さんのことだから、お金を貸してくれるわけがない。
因為是很小氣的田村先生，所以不可能會借我錢。

➤ 東京からは2時間かかるから、1時に着くわけがない。
因為從東京要花兩個小時，所以不可能一點到。

➤ 薬も飲まないで治るわけがない。
連藥都不吃，不可能會痊癒。

340 〜（ら）れる（被動句型4） N3

意義　自動詞被動

連接　【被害者】＋{は／が}＋【加害者】＋に＋【被動動詞】

例句

➤ 私は雨に降られた。
我淋了雨。

➤ 電車の中で子供に泣かれました。
在電車上被小孩哭得吵死了。

➤ あの子は父に死なれて、かわいそうです。
那孩子死了父親，很可憐。

341 自發之被動 N3

意義　自發被動

連接　【事、物】＋{は／が}＋【被動動詞】

例句

➤ 子供のことが思い出される。
不由得想起了孩子的事。

➤ 入院した祖母のことが案じられる。
不禁擔心起了住院的祖母。

➤ 日本語能力試験のことが案じられる。
不禁擔心起了日語能力測驗。

(342) ～わけだ

意義 難怪～；當然～；所以～

連接 【名詞修飾形】＋わけだ

例句

> 寒いわけだ。雪が降っているのに、窓が開けっ放しだ。
> 難怪會冷。明明下雪，窗戶還整個開著。

> アメリカに10年もいたのだから、英語が上手なわけだ。
> 因為在美國待了有十年，所以英文當然好。

> 熱が４０度もあるのだから、苦しいわけだ。
> 發燒到四十度，難怪會很痛苦。

(343) ～わけではない ／ ～わけでもない

意義 並非～

連接 【名詞修飾形】＋わけではない・わけでもない

例句

> にんじんを食べないからといって、嫌いなわけではない。
> 雖說我不吃紅蘿蔔，但也不是討厭。

> きみの気持ちはわからないわけでもないが……。
> 並非不懂你的感覺……。

> お酒はあまり好きではないが、ぜんぜん飲めないわけではない。
> 我不太喜歡酒，不過也不是完全不能喝。

㉞ ～わけにはいかない （N2）

意義 不行～；不能～

連接 【動詞辭書形・動詞ない形】＋わけにはいかない

例句

➤ 大事な会議があるので、熱があっても休むわけにはいかない。
　因為有重要的會議，所以就算發燒也不能請假。

➤ 仕事が忙しいので、帰るわけにはいかない。
　因為工作很忙，所以不能回家。

➤ 試験があるので、勉強しないわけにはいかない。
　因為有考試，所以不能不讀書。

㉟ ～忘れる （N3）

意義 忘了～

連接 【動詞ます形】＋忘れる

例句

➤ 出かけるとき、ドアにかぎをかけ忘れました。
　出門時，忘了鎖門。

➤ 今朝、薬を飲み忘れました。
　今天早上忘了吃藥。

➤ 昨日テストで、解答用紙に名前を書き忘れました。
　昨天考試忘了在答案紙上寫上名字。

346　〜わりに（は）　N2

意義　意外地〜；卻〜

連接　【名詞修飾形】＋わりに（は）

例句

➤ 太郎君は勉強しないわりには成績がいい。
太郎同學都不讀書，成績卻很好。

➤ 父は年をとっているわりに、体力がある。
父親上了年紀，體力卻很好。

➤ 年のわりに、若く見える。
年紀不小，看起來卻很年輕。

347　〜を〜と言う　N3

意義　把〜叫做〜

連接　【名詞】＋を＋【名詞】＋と言う

例句

➤ お正月に食べる料理をおせち料理と言います。
過年吃的菜稱為「おせち料理」。

➤ お正月に飲むお酒をお屠蘇と言います。
過年喝的酒稱為「お屠蘇」。

➤ お正月に神社やお寺に行くことを初詣と言います。
過年去神社、寺廟稱為「初詣」。

348 ～を～として N3

意義 把～當作～；以～為～

連接 【名詞】＋を＋【名詞】＋として

例句

➤ 田中さんを先生として、日本語の勉強を始めた。
把田中先生當作老師，開始學日文。

➤ 日本政治の研究を目的として、留学した。
以研究日本政治為目的而留學。

➤ 日本語能力試験の合格を目標として、頑張っている。
以日語能力測驗合格為目標努力著。

---

349 ～をいただけませんか N3

意義 我能不能拿～？
（比句型 124 「～をくださいませんか」更客氣的說法）

連接 【名詞】＋をいただけませんか

例句

➤ この写真をいただけませんか。
我可以拿這張照片嗎？

➤ このカタログをいただけませんか。
我可以索取這個目錄嗎？

➤ この絵葉書をいただけませんか。
我可以拿這張風景明信片嗎？

350 ～をきっかけに N2

意義 以～為契機

連接 【名詞】＋をきっかけに

例句

> 旅行_{りょこう}をきっかけに、クラスのみんなが仲良_{なかよ}くなった。
> 因為旅行這個機會，全班感情變好了。

> 病気_{びょうき}をきっかけに、タバコをやめた。
> 因為生病這個契機，把菸戒了。

> フランスでの留学_{りゅうがく}をきっかけに、料理_{りょうり}を習_{なら}い始_{はじ}めた。
> 因為在法國留學這個機會，開始學做菜。

351 ～を契機_{けいき}に N2

意義 以～為契機（同句型 350「～をきっかけに」，較文言）

連接 【名詞】＋を契機_{けいき}に

例句

> 明治維新_{めいじいしん}を契機_{けいき}に、日本_{にほん}は近代国家_{きんだいこっか}になった。
> 以明治維新為契機，日本成了現代化國家。

> 中国出張_{ちゅうごくしゅっちょう}を契機_{けいき}に、本格的_{ほんかくてき}に中国語_{ちゅうごくご}の勉強_{べんきょう}を始_{はじ}めた。
> 去中國出差的機會下，正式開始學中文。

> 太郎_{たろう}は大学入学_{だいがくにゅうがく}を契機_{けいき}に、親元_{おやもと}を出_でた。
> 以上大學為契機，太郎離開了父母身邊。

352 ～をこめて N2

意義 含著～；充滿～

連接 【名詞】＋をこめて

例句

> <ruby>妻<rt>つま</rt></ruby>は<ruby>愛情<rt>あいじょう</rt></ruby>をこめて<ruby>お弁当<rt>べんとう</rt></ruby>を<ruby>作<rt>つく</rt></ruby>ってくれた。
> 妻子滿懷愛意為我做了便當。

> <ruby>平和<rt>へいわ</rt></ruby>の<ruby>祈<rt>いの</rt></ruby>りをこめて、<ruby>鶴<rt>つる</rt></ruby>を<ruby>折<rt>お</rt></ruby>った。
> 衷心祈求和平，而折了紙鶴。

> <ruby>母親<rt>ははおや</rt></ruby>は<ruby>子供<rt>こども</rt></ruby>のために<ruby>心<rt>こころ</rt></ruby>をこめてセーターを<ruby>編<rt>あ</rt></ruby>んだ。
> 母親為小孩用心地織了毛衣。

353 ～を<ruby>中心<rt>ちゅうしん</rt></ruby>に（して）／ ～を<ruby>中心<rt>ちゅうしん</rt></ruby>として N2

意義 以～為中心

連接 【名詞】＋を<ruby>中心<rt>ちゅうしん</rt></ruby>に（して）・を<ruby>中心<rt>ちゅうしん</rt></ruby>として

例句

> <ruby>今度<rt>こんど</rt></ruby>の<ruby>台風<rt>たいふう</rt></ruby>の<ruby>被害<rt>ひがい</rt></ruby>は<ruby>神戸<rt>こうべ</rt></ruby>を<ruby>中心<rt>ちゅうしん</rt></ruby>に、<ruby>近畿<rt>きんき</rt></ruby><ruby>地方<rt>ちほう</rt></ruby><ruby>全域<rt>ぜんいき</rt></ruby>に<ruby>広<rt>ひろ</rt></ruby>がった。
> 這次颱風的受災以神戶為中心，遍及整個近畿地區。

> アジアを<ruby>中心<rt>ちゅうしん</rt></ruby>に、<ruby>世界各国<rt>せかいかっこく</rt></ruby>からの<ruby>学生<rt>がくせい</rt></ruby>たちが<ruby>集<rt>あつ</rt></ruby>まってきた。
> 以亞洲為中心，來自世界各國的學生們聚在一起。

> <ruby>地球<rt>ちきゅう</rt></ruby>は<ruby>太陽<rt>たいよう</rt></ruby>を<ruby>中心<rt>ちゅうしん</rt></ruby>として<ruby>回<rt>まわ</rt></ruby>っている。
> 地球以太陽為中心轉動著。

一、初級篇（N4、N5）

二、中級篇（N2、N3）

三、高級篇（N1）

附錄

354 ～を通じて / ～を通して N2

意義 ①經由～；透過～　②整個～（表期間）

連接 【名詞】＋を通じて・を通して

例句

➤ 友人を通じて彼女と知り合った。
透過朋友和她相識了。

➤ 受付を通して申し込む。
透過櫃台申請。

➤ この地方は１年を通してずっと温暖だ。
這個地區一年到頭都很暖和。

355 ～を問わず N2

意義 不管～；不問～

連接 【名詞】＋を問わず

例句

➤ この店は昼夜を問わず営業している。
這間店不分晝夜都營業。

➤ 男女を問わず、能力のある人を採用します。
不問男女，錄用有能力的人。

➤ 面接は年齢を問わず参加できる。
不問年齡皆可參加面試。

一、初級篇（N4、N5）　二、中級篇（N2、N3）　三、高級篇（N1）　附錄

356 〜をぬきにして N2

意義 不要〜；去除〜

連接 【名詞】＋をぬきにして

例句

➤ かたいあいさつをぬきにして、すぐに食事にしましょう。
不要客套的寒暄，立刻用餐吧！

➤ 今日は仕事の話をぬきにして、楽しく飲みましょう。
今天不要談公事，開心地喝吧！

➤ この計画はあの人をぬきにしては、進められない。
這個計畫沒有那個人的話無法進行。

357 〜をはじめ ／ 〜をはじめとする N2

意義 以〜為首

連接 【名詞】＋をはじめ・をはじめとする

例句

➤ ご両親をはじめ、家族の皆さんによろしくお伝えください。
請幫我向您父母、及全家人問好。

➤ 三井をはじめ、日本の商社が世界各地に進出している。
以三井為首，日本的商社擴張到世界各地。

➤ 日本には京都をはじめ、いろいろな観光地がある。
在日本以京都為首，有各種的觀光區。

358 ～をほしがる N3

意義 想要～（表第三人稱的願望）

連接 【名詞】＋をほしがる

例句

➤ 子供はほかの子供の持っているものをほしがります。
小孩都會想要其他小孩有的東西。

➤ 妹は新しいカメラをほしがっています。
妹妹想要新相機。

➤ 娘はケーキをほしがっています。
女兒想要蛋糕。

359 ～をめぐって N2

意義 圍繞著～；針對著～

連接 【名詞】＋をめぐって

例句

➤ 契約をめぐって、まだ討論が続いている。
針對契約，討論還在持續著。

➤ ゴルフ場建設をめぐって、意見が２つに対立している。
針對高爾夫球場的興建，有兩個意見對立著。

➤ あの人をめぐる噂は非常に多い。
關於那個人的傳聞很多。

360 ～をもとに / ～をもとにして

意義 以～為基準

連接 【名詞】＋をもとに・をもとにして

➤ この映画は実際にあった話をもとに作られた。
這部電影是依據實際發生的事情拍的。

➤ 人の噂だけをもとにして、人を判断しないでください。
請不要光以傳聞來判斷人。

➤ 日本語の平仮名や片仮名は漢字をもとにして作られたものだ。
日文的平假名和片假名，是以漢字為基礎創造的東西。

memo

三、高級篇
（N1）

361 ～あっての N1

意義 有～才有～

連接 【名詞】＋あっての＋【名詞】

例句

➤ 選手あっての監督ですね。
有選手才有教練呀！

➤ お客様あっての仕事ですから、お客様を大切にしています。
有客人才有工作，所以要好好對待客人。

➤ あなたあっての私です。あなたがいなかったらと思うと……。
有你才有我。一想到如果你不在的話……。

362 ～以外の何ものでもない N1

意義 就是～

連接 【名詞】＋以外の何ものでもない

例句

➤ 原因は彼の不注意以外の何ものでもない。
原因就是他的疏忽。

➤ これは人災以外の何ものでもない。
這就是人禍。

➤ あそこの民衆の目にあるのは狂気以外の何ものでもない。
那裡的民眾的眼中就只有瘋狂。

一、初級篇（N4、N5）

二、中級篇（N2、N3）

三、高級篇（N1）

附錄

363 　**～いかん ／ ～いかんによって**

意義 　取決於～；要看～如何

連接 　【名詞】＋いかん・いかんによって

例句

➤ このスポーツ大会が成功するかしないかは天気いかんだ。
　這個運動會，會不會成功要看天氣。

➤ 要は君の態度いかんだ。
　關鍵在於你的態度。

➤ 試験の成功は努力いかんによって定まる。
　考試的成功依努力決定。

364 　**～いかんによらず ／ ～いかんにかかわらず**

意義 　不管～

連接 　【名詞＋の】＋いかんによらず・いかんにかかわらず

例句

➤ 理由のいかんによらず、欠勤は欠勤だ。
　不管理由為何，缺勤就是缺勤。

➤ サッカーの試合は天気のいかんにかかわらず行われます。
　足球比賽不管天氣如何都會舉行。

➤ 会社の規模のいかんにかかわらず、
　労働者の権利は守られるべきである。
　不管公司規模如何，勞工的權利應該被保障。

211

365　～（よ）うが ／ ～（よ）うと N1 ♠

意義　即使～也～；不管是～（類似句型 366，但本句型的句中會有疑問詞）

連接　【動詞意向形】＋が・と
　　　【イ形容詞（～い）】＋かろう＋が・と
　　　【ナ形容詞・名詞】＋だろう＋が・と

例句

➤ 別れた恋人が誰と結婚しようが、私とはもう関係ない。
分手的情人要和誰結婚，跟我已經沒關係了。

➤ どんなに辛かろうが、我慢してください。
不管多難過，都請忍耐。

➤ 何をしようと私の勝手だ。
不管要做什麼，我愛怎樣就怎樣。

366　～（よ）うが～まいが ／ ～（よ）うと～まいと N1 ♠

意義　不管要～不要～；不管會～不會～
　　　（類似句型 365，但本句型句中不會出現疑問詞）

連接　【動詞意向形】＋が・と＋【動詞まい形】＋が・と

例句

➤ 君が行こうが行くまいが、私には関係ない。
不管你要不要去，都和我沒關係。

➤ 雨が降ろうが降るまいが、出かけます。
不管會不會下雨，都要出門。

➤ 彼が出席しようとしまいと、僕の知ったことではない。
他要不要出席，不是我知道的事。

一、初級篇（N4、N5）

二、中級篇（N2、N3）

三、高級篇（N1）

附錄

⑯⑦ ～（よ）うにも～ない

意義 想～也沒辦法

連接 【動詞意向形】＋にも＋【動詞ない形】

例句

> 台風で家から出ようにも出られない。
> 因為颱風，想出門也沒辦法。

> 高熱で起きようにも起きられなかった。
> 因為發高燒，想起床也起不來。

> 電話番号がわからないので、知らせようにも知らせられない。
> 因為不知道電話號碼，所以想通知也沒辦法。

---

⑯⑧ ～（よ）うものなら N1

意義 如果～的話，就～

連接 【動詞意向形】＋ものなら

例句

> この事実が外に漏れようものなら、大変だ。
> 這個事實要是洩漏出去的話就糟了。

> 昔は親の言うことに反抗しようものなら、殴られたものだ。
> 過去要是想要反抗父母說的，就會被揍呀！

> 彼に一言でも話そうものなら、うわさが会社に広がってしまう。
> 即使只跟他說一句，謠言就會佈滿公司。

369 ～がい N1

意義 ～意義；～價值

連接 【動詞ます形・名詞】＋がい

例句

> やりがいがある仕事を探したい。
> 想找值得做的工作。

> この本は読みがいがある。
> 這本書有看的價值。

> あなたの生きがいはなんですか。
> 你的生存價值是什麼呢？

370 ～かぎりだ N1

意義 極為～；非常～

連接 【名詞修飾形】＋かぎりだ

例句

> 幼いとばかり思っていた太郎君だが、実に頼もしいかぎりだ。
> 太郎同學年紀雖小，但卻相當值得信賴。

> 陳君は日本語が実にうまい。うらやましいかぎりだ。
> 陳同學日文真是棒。好羨慕呀！

> 田中さんも木村さんも帰国してしまった。寂しいかぎりだ。
> 田中先生和木村先生都回國了。好寂寞呀！

一、初級篇（N4、N5）

二、中級篇（N2、N3）

三、高級篇（N1）

附錄

371 〜が最後 / 〜たら最後

意義 一旦〜的話；一〜就完了

連接 【動詞た形】＋が最後・ら最後

例句

➤ 彼は寝入ったが最後、どんなことがあっても、
絶対に目を覚まさない。
他一旦睡著了，不管發生什麼事，絕對都醒不過來。

➤ 課長はマイクを握ったが最後、決して放そうとはしない。
課長一旦拿到麥克風，絕對不會放手。

➤ 行ったら最後、2度と戻っては来られない。
去了之後，就回不來了。

372 〜かたがた

意義 順便〜（比句型 374「〜がてら」更禮貌的說法）

連接 【名詞】＋かたがた

例句

➤ 就職のあいさつかたがた、恩師のうちを訪ねた。
報告找到工作的消息，順便到老師家拜訪。

➤ お祝いかたがた、お伺いしました。
跟您祝賀，順便拜訪一下。

➤ お礼かたがた、ご機嫌伺いをして来よう。
向您道謝，順便來問聲好。

(373) 〜かたわら ♠ N1

意義 一面〜一面〜

連接 【動詞辭書形・名詞＋の】＋かたわら

例句

➤ 私は昼間は工場で働くかたわら、夜は学校に通い勉強している。
我一面白天在工廠工作，一面晚上在讀夜校。

➤ 太郎は大学に通うかたわら、塾で英語の講師をしている。
太郎一面讀大學，一面在補習班當英文老師。

➤ 勉強のかたわら、家の仕事を手伝っている。
一面讀書，一面幫忙家裡的工作。

---

(374) 〜がてら ♠ N1

意義 順便〜

連接 【動詞ます形・名詞】＋がてら

例句

➤ 散歩がてら、タバコを買ってくる。
散步順便去買包菸。

➤ 駅に行きがてら、郵便局に立ち寄る。
去車站，順便去一下郵局。

➤ 図書館へ本を返しに行きがてら、山田さんを訪ねた。
去圖書館還書，順道拜訪了山田先生。

(375) ～が早いか N1

意義 一～就～

連接 【動詞辭書形・動詞た形】＋が早いか

例句

➤ 終了のベルが鳴るが早いか、弁当を出して食べ始めた。
下課鐘一響起，就拿出便當開始吃了。

➤ あの子は帰るが早いか、遊びに出かけた。
那孩子一回家，就跑出去玩了。

➤ 聞くが早いか、家を飛び出した。
一聽到，就立刻衝出了家門。

(376) ～からある ／ ～からの N1

意義 超過～；至少有～

連接 【名詞】＋からある・からの

例句

➤ ３０キロからある荷物を背負って、歩いてきた。
背著至少有三十公斤的行李走過來。

➤ 1000人からの人が集まった。
聚集了上千人。

➤ 2万人からの署名を集めた。
收集到了超過兩萬人的連署。

377 〜きらいがある ♠N1

意義 常常〜（表示不好的趨勢）

連接 【動詞辭書形‧名詞＋の】＋きらいがある

例句

> 田中さんは聞きたくないことは
> 耳に入れないというきらいがある。
> 不想聽的事，田中先生常常充耳不聞。

> 最近の学生は自分で考えず、教師に頼るきらいがある。
> 最近的學生常常會不自己思考、都依賴老師。

> 彼はいい男だが、酒を飲みすぎるきらいがある。
> 他是個好男人，不過常常會喝太多酒。

378 〜極まる ／ 〜極まりない ♠N1

意義 極為〜；非常〜

連接 【ナ形容詞】＋極まる‧極まりない

例句

> あの人の態度は失礼極まる。
> 那個人的態度極不禮貌。

> 試合に負けてしまって、残念極まりない。
> 輸了比賽，非常遺憾。

> あの人との話は不愉快極まりない。
> 和那個人的談話極為不愉快。

379 ～ぐるみ

意義 整個～；包含～

連接 【名詞】＋ぐるみ

例句

> 家族ぐるみで北海道に旅行に行った。
> 全家人一起去北海道旅行。

> 町ぐるみで反対運動をした。
> 全鎮進行反對運動。

> 彼らとは家族ぐるみの交際をしている。
> 和他們是全家族的往來。

---

380 ～ごとき ／ ～ごとく

意義 如～

連接 【動詞辭書形・動詞た形・名詞＋の】＋ごとき・ごとく

例句

> 上記のごとく、研究会の日程が変更になりました。
> 如上所述，研討會的行程更動了。

> 時間は矢のごとく過ぎ去った。
> 光陰似箭飛逝。

> 予想したごとく、あのチームが勝った。
> 如同預測的，那一隊獲勝了。

一、初級篇（N4、N5）

二、中級篇（N2、N3）

三、高級篇（N1）

附錄

(381) ～こととて N1

意義　因為～

連接　【名詞修飾形】＋こととて

例句

➤ 休(やす)み中(ちゅう)のこととて、連絡(れんらく)がつかなかった。
由於現在是休息中，所以聯絡不上。

➤ 仕事(しごと)に慣(な)れぬこととて、ご迷惑(めいわく)をかけてすみませんでした。
由於不熟悉工作，所以造成困擾，非常抱歉。

➤ 年金生活(ねんきんせいかつ)のこととて、ぜいたくはできない。
由於過著領年金的生活，所以不能奢侈。

(382) ～ことなしに N1

意義　不～；沒有～（同句型 (436)「～なしに（は）」）

連接　【動詞辭書形】＋ことなしに

例句

➤ 努力(どりょく)することなしに、成功(せいこう)できるはずがない。
沒有努力，就不可能會成功。

➤ 4時間(よじかん)、休(やす)むことなしに働(はたら)いた。
沒有休息持續工作四個小時。

➤ 彼(かれ)は連絡(れんらく)することなしに会社(かいしゃ)を休(やす)んだ。
他完全沒聯絡就沒來公司。

383 ～こなす N1

意義 熟練～；～自如

連接 【動詞ます形】＋こなす

例句

➤ 彼女は３か国語を自由に使いこなす。
她三國語言運用自如。

➤ 和服を着こなすのは難しい。
要把和服穿得好很困難。

➤ あの歌手はどんな歌でも歌いこなせる。
那位歌手不管什麼歌都能唱得很好。

384 ～しまつだ N1

意義 落得～結果；到～地步（表示不好的結果）

連接 【名詞修飾形】＋しまつだ

例句

➤ 手が痛くて、筆も持てないしまつだ。
手痛到連筆都拿不起來。

➤ 花子は両親とけんかして、ついに家出までするしまつだ。
花子和父母吵架，最後還離家出走。

➤ ちょっと怒ったら、しまいには泣き出すしまつだ。
只是稍微生一下氣，結果卻哭了出來。

385 ～ずくめ N1

意義 清一色～；淨是～

連接 【名詞】＋ずくめ

例句

➤ あの人はいつも黒ずくめのかっこうをしている。
那個人總是一身黑的打扮。

➤ 今日は1日中いいことずくめだ。
今天一整天好事不斷。

➤ 今日の夕食はごちそうずくめだった。
今天的晚餐全是山珍海味。

386 ～ずじまい N1

意義 終究沒～；最後也沒～

連接 【動詞ない形（～ない）】＋ずじまい

例句

➤ 本を買ったが、結局読まずじまいだ。
買了書，但最後終究沒讀。

➤ 今年の冬は暖かくてせっかく買ったオーバーも使わずじまいだった。
今年冬天很暖和，特地買的大衣最後也沒穿。

➤ 出張で福岡に行ったが、忙しくて友人に会わずじまいだった。
出差到福岡去，忙得最後也沒和朋友見面。

387 〜ずにはおかない / 〜ないではおかない N1

意義 勢必〜；非〜不可（比句型 **388** 積極、主動）

連接 【動詞ない形（〜~~ない~~）】＋ずにはおかない・ないではおかない
（例外：「する」要變成「せずにはおかない」）

例句
> 彼女の演技は観客を感動させずにはおかない。
> 她的演出勢必讓觀眾感動。

> 大臣のあの発言は、波紋を呼ばずにはおかないだろう。
> 大臣的那個發言，勢必產生影響吧！

> またそんなことをしたら、罰を与えないではおかない。
> 要是再做那種事，非處罰不可。

388 〜ずにはすまない / 〜ないではすまない N1

意義 不〜不行；不〜無法解決（比句型 **387** 消極、被動）

連接 【動詞ない形（〜~~ない~~）】＋ずにはすまない・ないではすまない
（例外：「する」要變成「せずにはすまない」）

例句
> 検査の結果で、手術せずにはすまない。
> 以檢查的結果來看，不動手術不行。

> 田中さんの携帯を壊してしまったから、
> 買って返さないではすまない。
> 弄壞了田中先生的手機，不買來還他不行。

> 人にお金を借りたら、返さずにはすまない。
> 向人家借錢，不還不行。

一、初級篇（N4、N5）

二、中級篇（N2、N3）

三、高級篇（N1）

附錄

223

389 ～すら / ～ですら N1

意義 甚至～；連～

連接 【名詞】＋すら・ですら

例句

➤ 太郎君は寝る時間すら惜しんで、勉強している。
太郎同學連要睡覺的時間都很珍惜地在讀書。

➤ そんなことは子供ですら知っている。
那種事連小孩子都知道。

➤ そのことは親にすら話していない。
那件事我連父母都沒說過。

390 ～そばから N1

意義 一～就～（表反覆的動作）

連接 【動詞辭書形・動詞た形】＋そばから

例句

➤ 商品を店頭に並べるそばから、売れていった。
商品一上架，就銷售一空。

➤ 部屋を片付けるそばから、子供が散らかす。
剛整理好房間，小孩就弄得亂七八糟。

➤ 習うそばから忘れる始末だ。
才剛學，立刻就忘了。

391 ただ～のみ

意義 只是～；只有～

連接 ただ＋【動詞常體・イ形容詞常體・名詞・ナ形容詞】＋のみ

例句

➤ 試験を受けたら、ただ合格通知を待つのみだ。
考完的話，就只有等待成績單了。

➤ 部下はただ命令に従うのみだ。
部下就是只有聽從命令。

➤ 父はただ１度のみ泣いたことがある。
父親只哭過一次。

392 ただ～のみならず

意義 不僅～

連接 ただ＋【動詞常體・イ形容詞常體・名詞・ナ形容詞】＋のみならず

例句

➤ ただ雨のみならず、風も吹いてきた。
不僅下雨，連風都吹起來了。

➤ ただ台北市民のみならず、大都市の住民にとって、
環境問題は頭が痛い。
不僅台北市民，對於大城市的居民來說，環境問題相當頭痛。

➤ その問題はただ本人のみならず、学校にも責任がある。
那個問題不只是本人，學校也有責任。

一、初級篇（N4、N5）

二、中級篇（N2、N3）

三、高級篇（N1）

附錄

393 ～たところで N1

意義 即使～

連接 【動詞た形】＋ところで

例句

➤ 今から走って行ったところで、もう間に合わないだろう。
就算現在跑過去，也已經來不及吧！

➤ どんなにがんばったところで、彼に敵うはずがない。
不管再怎麼努力，應該還是比不上他。

➤ あの人に頼んだところで、どうにもならないだろう。
就算拜託那個人，也改變不了什麼吧！

394 ～だに N1

意義 連～都～；光～就～

連接 【動詞辭書形・名詞】＋だに

例句

➤ このような事故が起きるとは想像するだにしなかった。
居然會發生這樣的意外，連想都沒想過。

➤ 無差別殺人事件は聞くだに恐ろしい。
隨機殺人事件光聽就很恐怖。

➤ 優勝するなんて、夢にだに思わなかった。
做夢都想不到居然會得冠軍。

一、初級篇（N4、N5）

二、中級篇（N2、N3）

三、高級篇（N1）

附錄

395 　**〜だの〜だの**

意義 又是〜又是〜；〜啦〜啦

連接 【常體】＋だの＋【常體】＋だの（名詞後不用另外再加「だ」）

例句

➤ 鈴木さんは風邪を引いた<u>だの</u>おなかが痛い<u>だの</u>と言って、
よく会社を休む。
鈴木小姐常常說感冒啦、肚子痛啦，沒來上班。

➤ 僕の毎月の給料は、漫画<u>だの</u>ＤＶＤ<u>だの</u>で消えていく。
我每個月的薪水都在漫畫啦、DVD啦上面花掉了。

➤ あれがほしい<u>だの</u>これがほしい<u>だの</u>、欲張りなやつだな。
那個也想要這個也想要，真是貪心的傢伙呀！

396 　**〜たものではない**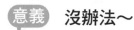

意義 沒辦法〜

連接 【動詞た形】＋ものではない

例句

➤ あの歌手はダンスは上手だが、
歌はとても下手で聞かれた<u>ものではない</u>。
那位歌手舞跳得很好，但是歌唱得不能聽。

➤ こんなまずい料理は食べられた<u>ものではない</u>。
這麼難吃的菜，根本不能吃。

➤ こんな下手な絵は人に見せられた<u>ものではない</u>。
這麼糟的畫，根本不敢給人看。

397 ～たりとも N1

意義 即使～也～；連～

連接 【名詞】＋たりとも

例句

➤ 一刻_{いっこく}たりとも油断_{ゆだん}できない。
一刻都不容大意。

➤ 試験_{しけん}までは１日_{いちにち}たりとも勉強_{べんきょう}を休_{やす}むわけにはいかない。
到考試為止一天都不能休息。

➤ 間違_{まちが}いは１字_{いちじ}たりとも許_{ゆる}さない。
錯誤連一個字都不容許。

398 ～たる N1

意義 作為～；身為～

連接 【名詞】＋たる＋【名詞】

例句

➤ 学生_{がくせい}たる者_{もの}は勉強_{べんきょう}すべきである。
身為學生，就應該要讀書。

➤ あんな人_{ひと}には国会議員_{こっかいぎいん}たる資格_{しかく}はない。
那種人沒有擔任國會議員的資格。

➤ 教師_{きょうし}たる者_{もの}は、生徒_{せいと}の模範_{もはん}とならなければならない。
身為教師，一定要當學生的模範。

399 ～つ～つ  N1

意義 又～又～（表動作舉例）

連接 【動詞ます形】＋つ＋【動詞ます形】＋つ

例句

➤ 行きつ戻りつしながら、待っている。
走來走去地等著。

➤ 子供たちは公園で追いつ追われつ、楽しそうに駆け回っている。
小朋友們在公園裡追來追去，快樂地奔跑著。

➤ お互い持ちつ持たれつ、助け合いましょう。
互相扶持、互相幫助吧！

400 ～っぱなし  N1

意義 一直～（表放任不管）

連接 【動詞ます形】＋っぱなし

例句

➤ 靴下は脱ぎっぱなしにしないでください。
襪子請不要脫了就不管。

➤ うちのチームはずっと負けっぱなしだ。
我隊不停地輸。

➤ 太郎は電気をつけっぱなしで寝てしまった。
太郎開著燈睡著了。

401 ～であれ ♠ N1

意義 無論～都～（類似句型 402，但本句型的句中會有疑問詞）

連接 【名詞】＋であれ

例句

> それが何であれかまわない。
> 不管那是什麼都不在意。

> ドアのところにいる人が誰であれ、待つように言ってください。
> 無論在門口的人是誰，請都叫他等一下。

> たとえ天候はどうであれ、私は行きません。
> 無論天候如何，我都不會去。

---

402 ～であれ～であれ ♠ N1

意義 無論～還是～，都～
（類似句型 401，但本句型句中不會出現疑問詞）

連接 【名詞】＋であれ＋【名詞】＋であれ

例句

> 晴天であれ雨天であれ、計画は変更しない。
> 無論晴天還是雨天，計畫都不會改變。

> 大人であれ子供であれ、交通規則は守らなければならない。
> 無論大人還是小孩，交通規則都一定要遵守。

> 男であれ女であれ、服装に気を配るべきだ。
> 無論男性還是女性，都應該注意服裝。

403 ～てからというもの ♠ N1

意義 自從～後一直

連接 【動詞て形】＋からというもの

例句

➤ タバコをやめ<u>てからというもの</u>、体の調子がいい。
自從戒菸之後，身體狀況非常好。

➤ 子供が生まれ<u>てからというもの</u>、妻と映画を見に行ったことがない。
自從小孩出生之後，就沒和妻子去看過電影。

➤ 木村さんが帰国し<u>てからというもの</u>、寂しくてどうしようもない。
自從木村先生回國後，就寂寞到不知如何是好。

404 ～てすむ ／ ～ですむ ♠ N1

意義 ～解決

連接 【動詞て形・名詞＋で】＋すむ

例句

➤ 用事は電話<u>ですんだ</u>。
事情用電話就解決了。

➤ お金<u>ですむ</u>なら、いくらでも出します。
如果用錢能解決的話，無論多少我都拿出來。

➤ 謝っ<u>てすむ</u>なら、警察は要らない。
如果道歉就可以解決的話，那就不需要警察了。

405 ～でなくてなんだろう N1

意義 不是～又是什麼呢；正是～

連接 【名詞】＋でなくてなんだろう

例句

➤ 飛行機事故に遭ったにも関わらず、彼女は無事だった。
これが奇跡でなくてなんだろう。
飛機墜機她卻平安無事。這不是奇蹟是什麼呢？

➤ 親はみな、子供のためなら死んでもかまわないとまで思う。
これが愛でなくてなんだろう。
為人父母者，都覺得為了小孩的話，甚至死也沒關係。這就是愛呀！

➤ 彼と再会できるなんて、これが運命でなくてなんだろう。
能和他重逢，這不是命運是什麼呢？

406 ～ではあるまいし ／ ～じゃあるまいし N1

意義 又不是～

連接 【名詞】＋ではあるまいし・じゃあるまいし

例句

➤ 子供ではあるまいし、馬鹿なことをやめよう。
又不是小孩子，不要做蠢事了！

➤ 神様じゃあるまいし、そんなことができるはずがない。
又不是神仙，那樣的事不可能做得到。

➤ 素人じゃあるまいし、こんなこともできないのか。
又不是外行人，這種事怎麼可能不會？

407 〜てはかなわない  N1

意義 非常〜；〜受不了

連接 【各詞類て形】＋はかなわない

例句

➤ 今日は朝からのどが渇いてはかなわない。
今天從早上起就渴得受不了。

➤ こう寒くてはかなわない。
實在是太冷了。

➤ 風邪薬のせいか、眠くてはかなわない。
大概是感冒藥的關係吧，睏得不得了。

---

408 〜てはばからない  N1

意義 不怕〜；毫無顧忌地〜

連接 【動詞て形】＋はばからない

例句

➤ 人に迷惑をかけてはばからない。
不怕給人添麻煩。

➤ 知らないということを公言してはばからない。
不怕對外說自己不知道。

➤ その新人候補は今回の選挙に必ず当選して見せると
断言してはばからない。
那位第一次參選的候選人毫無顧忌地說：
「這次的選舉一定當選給你看！」

409 〜ても〜きれない ♠N1

意義 要〜也不能〜；再〜也不〜（表示強調）

連接 【動詞て形】＋も＋【動詞ます形】＋きれない

例句

➤ あの人は喜びを隠そうとしても隠しきれないようだった。
他的喜悅好像藏也藏不住。

➤ 彼女の親切に対しては、いくら感謝してもしきれない。
對於她的親切，再怎麼感謝也不夠。

➤ 私の不注意で事故が起きたかと思うと、後悔しても後悔しきれない。
一想到因為我的疏忽而發生事故，再怎麼後悔也不夠。

410 〜てやまない ♠N1

意義 一直〜；衷心地〜

連接 【動詞て形】＋やまない

例句

➤ 幸せをお祈りしてやみません。
衷心祝你幸福。

➤ 君の成功を願ってやみません。
衷心希望你成功。

➤ 戦争のない平和な世界を念願してやまない。
衷心希望沒有戰爭的和平世界。

411 ～と相(あい)まって N1

意義 與～相配合；和～一起（表相輔相成）

連接 【名詞】＋と相(あい)まって

例句

➤ 才能(さいのう)が人一倍(ひといちばい)の努力(どりょく)と相(あい)まって、今日(きょう)の成功(せいこう)を見(み)た。
天份再加上多人家一倍的努力，才有今天的成功。

➤ その店(みせ)の開店日(かいてんび)には日曜日(にちようび)と相(あい)まって、大勢(おおぜい)の客(きゃく)が来(き)た。
那家店開幕日加上是星期天，來了許多客人。

➤ 国(こく)の政策(せいさく)が国民(こくみん)の努力(どりょく)と相(あい)まって、その国(くに)は急速(きゅうそく)な発展(はってん)を遂(と)げた。
國家的政策再加上國民的努力，那個國家達成了急速的發展。

---

412 ～とあって N1

意義 由於～（表原因）

連接 【常體】＋とあって（「だ」常省略）

例句

➤ 連休(れんきゅう)とあって、遊園地(ゆうえんち)は賑(にぎ)わっている。
由於是連續假日，遊樂場非常熱鬧。

➤ 年(ねん)に一度(いちど)のお祭(まつ)りとあって、町(まち)の人(ひと)はみんな神社(じんじゃ)へ集(あつ)まった。
由於是一年一次的祭典，鎮上的人全都往神社聚集。

➤ 久(ひさ)しぶりの再会(さいかい)とあって、ちょっと緊張(きんちょう)している。
由於是久別重逢，有點緊張。

一、初級篇（N4、N5）

二、中級篇（N2、N3）

三、高級篇（N1）

附錄

413 ～とあれば ♠ N1

意義 如果～（表假定）

連接 【常體】＋とあれば（「だ」常省略）

例句

➤ 子供のためとあれば、何でもするつもりだ。
如果是為了小孩，我什麼都打算做。

➤ あいつは金のためとあれば、何でもやるだろう。
那傢伙為了錢的話，什麼事都做得出來吧！

➤ 必要とあれば、すぐに伺います。
如果需要的話，立刻去拜訪您。

414 ～といい～といい ♠ N1

意義 ～也好～也好（用於給予評價）

連接 【名詞】＋といい＋【名詞】＋といい

例句

➤ 麺といいスープといい、このラーメンは絶品だと思う。
不管是麵還是湯，我覺得這個拉麵是最棒的。

➤ 社長といい部長といい、この会社の幹部は頑固な人ばかりだ。
社長也好、部長也好，這間公司的幹部全是頑固的人。

➤ 彼は人柄といい学問といい、申し分ない。
他人品也好、學識也好，都沒話說。

415 **〜というところだ / 〜といったところだ** N1

意義 大概〜；差不多〜

連接 【動詞辭書形・名詞】＋というところだ・といったところだ

例句

➤ アルバイトだから、時給は９００円といったところだ。
因為是打工，所以時薪差不多是九百日圓左右。

➤ 来週ごろ初級の授業が終わるというところだ。
下個星期前後，初級的課程差不多會結束。

➤ 彼の運転の腕はまあまあといったところだ。
他的開車技術大概就是普普通通。

416 **〜というもの** N1

意義 這〜呀！

連接 【時間】＋というもの

例句

➤ この１週間というもの、ずっと天気が悪い。
這一個星期呀，天氣一直很糟。

➤ この20年というもの、１日もあなたのことを忘れたことはない。
這二十年來，我一天都沒有忘記過你。

➤ ここ2、3年というもの、忙しくてゆっくり休んだこともない。
這兩三年呀，忙得沒有好好休息過。

---

(417) **～といえども** ♠N1

意義 雖說～；即使～（表逆態接續）

連接 【常體】＋といえども（名詞後的「だ」常省略）

例句

➤ 国王といえども、法は犯せない。
  即使是國王，也不能犯法。

➤ 子供といえども、これを知っている。
  就算是小孩，也知道這個。

➤ 関係者といえども、入ることはできない。
  即使是相關人員，也不能進入。

---

(418) **～といったらない ／ ～といったらありはしない ／
～といったらありゃしない** ♠N1

意義 沒有比～更～的了；極為～

連接 【動詞常體・イ形容詞常體・名詞・ナ形容詞】＋といったら
ない・といったらありはしない・といったらありゃしない

例句

➤ 親友の田中さんが突然亡くなってしまって、
  悲しいといったらなかった。
  好朋友田中先生突然過世了，非常地難過。

➤ 弟の部屋の汚さといったらありゃしない。
  沒有比弟弟的房間更髒的了。

➤ 褒められた時のうれしさといったらない。
  再也沒有比被稱讚時更開心的了。

419 ～といわず～といわず N1

意義 無論～還是～（強調全部）

連接 【名詞】＋といわず＋【名詞】＋といわず

例句

➤ この店は休日といわず平日といわず、客がいっぱいだ。
這家店不管假日還是平日，都是滿滿的客人。

➤ 手といわず足といわず、子供は傷だらけで帰ってきた。
不管是手還是腳，小孩子滿身是傷地回來了。

➤ 太郎の家は部屋の中といわず廊下といわず、ごみでいっぱいだ。
太郎的家無論是房間裡還是走廊上，都滿是垃圾。

420 ～と思いきや N1

意義 原以為～誰知道～

連接 【常體】＋と思いきや（名詞後的「だ」常省略）

例句

➤ 雨が止んだと思いきや、また降り出してきた。
本以為雨停了，結果又下起來了。

➤ 独身と思いきや、結婚していて３人の子供もいた。
本以為單身，結果已經結了婚、還有三個小孩。

➤ 頑固な父は反対するかと思いきや、何も言わずにうなづいた。
本以為頑固的父親會反對，但卻什麼也沒說地點頭了。

421 〜ときたら ♠ N1

意義 說到〜（後面接續令人困擾的事）

連接 【名詞】＋ときたら

例句

➤ あの店ときたら、高くて味もまずい。
說到那家店呀，又貴又難吃。

➤ 太郎ときたら、いつも遅れてくる。
說到太郎呀，總是遲到。

➤ うちの課長ときたら、口で言うだけで何も実行しない。
說到我們課長呀，光說不練。

---

422 〜ところを ♠ N1

意義 〜之中；〜之時

連接 【名詞修飾形】＋ところを

例句

➤ お忙しいところをすみません。
百忙之中，非常抱歉。

➤ お仕事中のところをお邪魔してすみません。
工作中還打擾你，非常抱歉。

➤ 危ないところを助けていただき、本当にありがとうございました。
在危險的時候獲得您的幫助，真是非常感謝。

423 ～としたところで ／ ～にしたところで ／ ～としたって ／ ～にしたって N1

意義 儘管～；即使～也～

連接 【常體】＋としたところで・にしたところで・としたって・にしたって（名詞後的「だ」常省略）

例句

➤ 今_{いま}さら説明_{せつめい}しようとしたところで、わかってはもらえないだろう。
事到如今即使想要解釋，也不會被接受吧！

➤ 理由_{りゆう}があるにしたって、人_{ひと}を傷_{きず}つけてはいけない。
就算有理由，也不可以傷害人。

➤ 私_{わたし}としたところで、それほど自信_{じしん}はない。
就算是我，也沒那麼有自信。

424 ～とは（2） N1

意義 竟然～（表驚訝）

連接 【常體】＋とは

例句

➤ あの女優_{じょゆう}が結婚_{けっこん}していたとは知_しらなかった。
那個女演員居然結婚了，我都不知道。

➤ ここで君_{きみ}に会_あうとは思_{おも}ってもみなかった。
想都沒想過居然會在這裡見到你。

➤ 彼_{かれ}が来_くるとは驚_{おどろ}いた。
他竟然要來，嚇了一跳。

425 ～とはいえ N1

意義 雖說～但是～（表逆態接續）

連接 【常體】＋とはいえ（名詞後的「だ」常省略）

例句

➤ 日曜日とはいえ、働かなければならない。
雖然說是星期天，但還是得工作。

➤ 彼は大学生とはいえ、高級車を持っている。
他雖然是個大學生，但擁有高級車。

➤ 休みたいとはいえ、休むわけにはいかない。
雖說想休息，但不能休息。

426 ～とは比べものにならない N1

意義 和～無法相比

連接 【名詞】＋とは比べものにならない

例句

➤ 太郎君の英語力は、私とは比べものにならないほど優れている。
太郎同學的英文能力好得我無法相提並論。

➤ 今のコンピューターの性能は昔とは比べものにならない。
現在的電腦性能和以前無法相提並論。

➤ この店の品物はほかのとは比べものにならないほど品質がいい。
這家店的東西品質好得其他店無法相比。

427 ～とばかりに  N1

意義 顯出~的樣子

連接 【常體】＋とばかりに（名詞、ナ形容詞後的「だ」常省略）

例句

➤ 彼女は残念<u>だとばかりに</u>、ため息をついてしまった。
　她露出遺憾的樣子嘆了口氣。

➤ あの子は先生なんか嫌い<u>とばかりに</u>、教室を出て行ってしまった。
　那孩子露出非常討厭老師的樣子，離開了教室。

➤ 父は疲れ<u>たとばかりに</u>、道端に座りこんでしまった。
　父親露出非常累的樣子，在路邊坐了下來。

---

428 ～ともなく ／ ～ともなしに N1

意義 無意間~；不經意地~

連接 【動詞辭書形】＋ともなく・ともなしに

例句

➤ 見る<u>ともなく</u>テレビを見ていたら、友人が番組に出ていた。
　看著電視無意間，朋友出現在節目中。

➤ 日曜日は何をする<u>ともなしに</u>、ぼんやり過ごしてしまった。
　星期天沒有做什麼，無意間一天就糊裡糊塗地過去了。

➤ ラジオを聞く<u>ともなく</u>聞いていたら、
　地震のニュースが耳に入ってきた。
　聽收音機無意間，聽到了地震的消息。

一、初級篇（N4、N5）

二、中級篇（N2、N3）

三、高級篇（N1）

附錄

429　〜ともなると ／ 〜ともなれば ♠ N1

意義　一旦〜理所當然〜

連接　【動詞辭書形・名詞】＋ともなると・ともなれば

例句

➤ 冬ともなると、スキー場はスキー客で賑わうようになる。
　一到了冬天，滑雪場理所當然因為滑雪的遊客變得熱鬧。

➤ 大学4年生ともなると、
　将来のことをいろいろ考えなければならない。
　一到了大學四年級，理所當然不得不考慮將來的事。

➤ 主婦ともなれば、自由な時間はなくなる。
　一成為家庭主婦，理所當然自由的時間都沒了。

430　〜ないまでも ♠ N1

意義　雖然不〜；即使不〜

連接　【動詞ない形】＋までも

例句

➤ 可能性がないとは言わないまでも、ゼロに近い。
　雖然不能說完全沒有可能性，但趨近於零。

➤ 夕食作りをしないまでも、食器洗いぐらい手伝いなさい。
　即使不做晚餐，至少也幫忙洗碗！

➤ 病院に行かないまでも、見舞い状くらいは出しておこう。
　就算不去醫院，至少先寄封慰問卡。

431 ～ないでもない ／ ～ないものでもない

意義 未必不～；不是不～

連接 【動詞ない形】＋でもない・ものでもない

例句

> ビールは飲まないでもないが、ウイスキーのほうがよく飲む。
> 啤酒不是不喝，不過比較常喝威士忌。

> 条件によっては、引き受けないものでもない。
> 依條件，也未必不接受。

> 彼の気持ちはわからないでもない。
> 也不是不了解他的心情。

---

432 ～ないとも限らない

意義 未必不～；也許會～

連接 【動詞ない形】＋とも限らない

例句

> 泥棒に入られないとも限らないから、かぎはかけておいてね。
> 未必不會被小偷闖入，所以門要鎖好喔！

> 間違えないとも限らないので、もう一度確認したほうがいい。
> 未必沒錯，所以再確認一次比較好。

> 今からがんばれば合格できないとも限らない。
> 現在開始努力的話，也許會考上。

⑷₃₃ ～ながらに N1

意義 ～著；保持～狀態；同時～

連接 【動詞ます形・名詞】＋ながらに

例句

➤ 家にいながらにして、インターネットで買い物ができる。
儘管在家裡，用網路就能購物。

➤ 彼女には生まれながらに備わっている才能がある。
她有與生俱來的才能。

➤ 彼女は涙ながらに事件の状況を語った。
她流著眼淚，訴說了案發的狀況。

⑷₃₄ ～ながらも N1

意義 雖然～可是～（表逆態接續）

連接 【動詞ます形・イ形容詞・ナ形容詞・名詞】＋ながらも

例句

➤ 新しい事務所は狭いながらも、駅に近い。
新辦公室雖然小，但離車站很近。

➤ このカメラは小型ながらも、優れた機能を備えている。
這台相機雖然是小型的，但具備優異的功能。

➤ 貧しいながらも幸せに暮らしている。
雖然貧窮，但過著幸福的日子。

�435 〜なくして（は）

意義 失去〜；沒有〜

連接 【名詞】＋なくして（は）

例句

➤ 親の愛情なくしては、子供は育たない。
親の愛情（おや あいじょう）、子供（こども）育（そだ）
失去父母親的愛，小孩不會成長。

➤ 皆様のご協力なくしては、成功できなかったでしょう。
皆様（みなさま）、協力（きょうりょく）、成功（せいこう）
沒有各位的協助，是不會成功的吧！

➤ 親の援助なくしては、生きてはいけない。
親（おや）、援助（えんじょ）、生（い）
沒有父母的幫助，無法活下去。

�436 〜なしに（は） N1

意義 沒有〜（同句型 ⑧ 「〜ことなしに」）

連接 【名詞】＋なしに（は）

例句

➤ 許可なしに、この部屋に入らないでください。
許可（きょか）、部屋（へや）入（はい）
沒有許可，請不要進入這個房間。

➤ 約束なしに突然訪ねても、社長には会えないだろう。
約束（やくそく）、突然（とつぜん）訪（たず）、社長（しゃちょう）会（あ）
沒有約就突然拜訪，也見不到社長吧。

➤ 彼は連絡なしに会社を休んだ。
彼（かれ）、連絡（れんらく）、会社（かいしゃ）休（やす）
他完全沒聯絡就沒來公司。

一、初級篇（N4、N5）

二、中級篇（N2、N3）

三、高級篇（N1）

附錄

437 **～並み** な N1

意義 和～相同

連接 【名詞】＋並み

例句

➤ 彼のギターの技術はプロ並みだ。
他的吉他技術是職業級的。

➤ 我が国の国民総生産額は先進国並みになった。
國民生產毛額變成和先進國家相當。

➤ スポーツは人並みにできる。
運動只是普普通通。

438 **～ならいざ知らず** N1

意義 要是～的話不知道

連接 【常體】＋ならいざ知らず（名詞後的「だ」常省略）

例句

➤ 昔ならいざ知らず、今そんな迷信を信じる人はいない。
以前的話不知道，現在沒有那麼迷信的人了。

➤ 新入社員ならいざ知らず、ベテランの君が
こんなミスをするとは……。
新進員工的話不知道，身為老手的你居然犯這種錯……。

➤ 小学生ならいざ知らず、大学生にもなって
こんなことがわからないとは、実に情けない。
小學生的話不知道，都是大學生了居然連這種事都不懂，真可憐。

一、初級篇（N4、N5）

二、中級篇（N2、N3）

三、高級篇（N1）

附錄

(439) ～ならでは ♠ N1

意義　只有～才能～

連接　【名詞】＋ならでは

例句

➤ この料理は手作りならではのおいしさだ。
這道菜是手工才有的美味。

➤ この祭りは京都ならではの光景だ。
這個祭典是京都才有的景象。

➤ これは日本ならではの料理だ。
這是只有日本才有的菜。

(440) ～ならまだしも ♠ N1

意義　若是～的話就算了

連接　【常體】＋ならまだしも（名詞後的「だ」常省略）

例句

➤ 実行して失敗するならまだしも、口で言うだけでは信用されない。
要是實踐後失敗就算了，光靠嘴巴是不會被信任的。

➤ 一度ならまだしも、同じ失敗を2度もするとはどういうことか。
一次的話就算了，同一件事居然做錯兩次，這是怎麼一回事？

➤ たまにならまだしも、こうしばしば停電されては仕事にならない。
偶爾一次就算了，這麼常停電根本沒辦法工作。

441 ～なり N1

意義 一～就～

連接 【動詞辭書形】＋なり

例句

➤ 花子はビールを一口飲むなり、吐き出した。
　花子剛喝了一口啤酒，就吐了出來。

➤ 太郎は帰るなり、部屋へ閉じこもってしまった。
　太郎一回家，就關在房間不出來。

➤ 一目見るなり、病気だとわかった。
　看一眼，就知道生病了。

442 ～なり～なり N1

意義 或是～或是～；～也好～也好

連接 【動詞辭書形・名詞】＋なり＋【動詞辭書形・名詞】＋なり

例句

➤ この野菜は茹でるなり炒めるなりして食べてください。
　這個蔬菜請燙來吃或炒來吃。

➤ 困っているなら、先生なり先輩なりに相談しなさい。
　不知道該怎麼辦的話，找老師或是學長商量。

➤ 中から1つなり2つなり、持って行ってください。
　請從中拿一、二個去。

443 ～なりに / ～なりの

意義 獨特的；與～相符合的

連接 【名詞】＋なりに・なりの

例句

➤ この件について、私なりに少し考えてみた。
關於這件事，我個人稍微想了一下。

➤ 子供は子供なりの見方がある。
小孩子有小孩子的看法。

➤ 私なりの判断がある。
我有我的判斷。

444 ～に～かねて

意義 難以～；無法～

連接 【動詞辭書形】＋に＋【動詞ます形】＋かねて

例句

➤ 見るに見かねて彼の手助けをした。
看不下去了，所以幫了他。

➤ 就職か進学か決めるに決めかねている。
要就業還是升學，難以決定。

➤ 見るに見かねてアドバイスをした。
看不下去了，所以給了建議。

445 ～に～を重ねて N1

意義 ～又～；～再～

連接 【名詞】＋に＋【名詞】＋を重ねて

例句

➤ 実験に実験を重ねて、やっと成功した。
實驗再實驗，終於成功了。

➤ 鈴木さんは練習に練習を重ねて、ついにプロ野球選手になった。
鈴木先生練習又練習，終於成為職棒選手。

➤ 努力に努力を重ねて、台湾大学に合格した。
努力再努力，考上了台灣大學。

446 ～に（は）あたらない N1

意義 不需要～；用不著～

連接 【動詞辭書形・名詞】＋に（は）あたらない

例句

➤ あのまじめな林君が日本語能力試験に合格したことは、
驚くにはあたらない。
那個認真的林同學日語能力測驗通過，不需要驚訝。

➤ まだ新入社員だから、叱るにはあたらない。
因為還是新進員工，所以用不著責備。

➤ 遠慮するにはあたらない。
用不著客氣。

一、初級篇（N4、N5）

二、中級篇（N2、N3）

三、高級篇（N1）

附錄

447 ～にあって N1

 意義 在～

 連接 【名詞】＋にあって

例句

➤ この非常時にあって、平気でいられることが大切だ。
在這個非常時刻，能平心靜氣是很重要的。

➤ 父は病床にあっても、子供たちのことを気にかけている。
父親即使臥病在床，還是非常關心孩子們。

➤ この病院は心臓移植の分野にあっては、世界的に有名である。
這家醫院在心臟移植的領域上世界知名。

---

448 ～に至って ／ ～に至る ／ ～に至るまで N1

 意義 直到～

 連接 【動詞辭書形・名詞】＋に至って・に至る・に至るまで

 例句

➤ 自殺者が出るに至って、関係者は初めて事の重大さを知った。
直到有人自殺，相關人員才開始知道事情的嚴重。

➤ あの会社は、拡大を続けて海外進出に至った。
那間公司持續擴大，甚至擴張到國外。

➤ うちの学校は、髪の毛の長さから靴下の色に至るまで規定している。
我們學校，從頭髮的長度一直到襪子的顏色，都有規定。

⑭⑭⑨ ～にかかわる ♠N1

意義 有關～；關係到～

連接 【名詞】＋にかかわる

例句

➤ 命にかかわる病気をした。
得了攸關性命的病。

➤ 教育は子供の将来にかかわることだ。
教育是關係到小孩未來的事。

➤ 貿易にかかわる仕事がしたい。
想做和貿易有關的工作。

⑭⑤⓪ ～に限ったことではない ♠N1

意義 不是只有～

連接 【名詞】＋に限ったことではない

例句

➤ 朝の電車が混んでいるのは、今日に限ったことではない。
早上的電車擁擠，不是只有今天。

➤ インフルエンザがはやったのは、今年の冬に限ったことではない。
流感盛行，不是只有今年冬天。

➤ 太郎が遅刻するのは、今日に限ったことではない。
太郎遲到，也不是只有今天的事了。

(451) ～にかけても ♠ N1

意義 就算賭上～

連接 【名詞】＋にかけても

例句

➤ 名誉にかけてもやる。
就算賭上名譽也要做。

➤ 面子にかけても約束は守る。
就算賭上面子，約定也要遵守。

➤ 命にかけてもこの秘密は守る。
就算賭上性命，這個祕密也要保守。

(452) ～にかこつけて ♠ N1

意義 以～為藉口

連接 【名詞】＋にかこつけて

例句

➤ 花子は雨にかこつけて、来なかった。
花子以下雨為藉口沒來。

➤ 仕事にかこつけて、アメリカ旅行を楽しんできた。
以工作為藉口，享受了美國之旅。

➤ 太郎は病気にかこつけて、学校を休んだ。
太郎託病向學校請假。

453 〜にかたくない ♠ N1

意義 不難〜

連接 【動詞辭書形・名詞】＋にかたくない

例句

➤ こうなったのは想像にかたくない。
會變成這樣，不難想像。

➤ 親の心配は察するにかたくない。
父母的擔心不難察覺。

➤ 計画の失敗は想像にかたくない。
計畫的失敗，不難想像。

454 〜にかまけて ♠ N1

意義 忙著〜；只顧著〜

連接 【名詞】＋にかまけて

例句

➤ 仕事にかまけて、家庭のことを振り向く余裕もなかった。
以前只顧著工作，沒空顧及家裡的事情。

➤ 子供にかまけて本も読めない。
忙著照顧小孩，連書都沒辦法看。

➤ クラブ活動にかまけていると、勉強がおろそかになりがちだ。
要是只顧著社團活動的話，很容易疏於學習。

455 〜に越したことはない  N1

意義　〜最好

連接　【動詞常體・イ形容詞常體・名詞・ナ形容詞】
　　　＋に越したことはない

例句

➤ 何事も用心するに越したことはない。
不管什麼事，沒有比小心再好的了。

➤ 金はあるに越したことはない。
有錢最好。

➤ それに越したことはない。
那樣最好。

456 〜に先駆けて N1

意義　領先〜

連接　【名詞】＋に先駆けて

例句

➤ その会社は他社に先駆けて、スマートフォンを開発した。
那家公司領先其他公司，開發了智慧型手機。

➤ その商品は全国発売に先駆けて、当店での先行発売が決まった。
那項產品確定會領先全國在本店先行發售。

➤ 他社に先駆けて、低公害車を売り出す。
領先其他公司，推出了環保車款。

一、初級篇（N4、N5）

二、中級篇（N2、N3）

三、高級篇（N1）

附錄

257

457 ～にして N1

意義 ①以～才～　②既是～又是～

連接 【名詞】＋にして

例句

➤ 人間７０歳にして、初めてできることもある。
有些事，是人到七十歲才第一次能做到。

➤ 彼は医者にして、詩人でもある。
他既是醫生，又是詩人。

➤ この年にして、初めて人生のありがたさがわかった。
到了這個年紀，才第一次瞭解到人生的可貴。

458 ～に即して N1

意義 按照～；依據～

連接 【名詞】＋に即して

例句

➤ ルール違反の者を、校則に即して処分する。
違反規定者，會依校規處分。

➤ 現実に即してプランを考える。
依據現實思考計畫。

➤ 経験に即して、それもあり得ることだ。
依經驗，那也是有可能的。

459 〜にたえる ／ 〜にたえない ♠ N1

意義 値得〜／不值得〜

連接 【動詞辭書形・名詞】＋にたえる・にたえない

例句

➤ あれは鑑賞にたえる映画だ。
那是部值得一看的電影。

➤ あの番組はひどくて、見るにたえない。
那個節目很糟糕，不值得看。

➤ その話は聞くにたえない。
那件事不值得聽。

460 〜に足る ♠ N1

意義 足以〜；值得〜

連接 【動詞辭書形・名詞】＋に足る

例句

➤ 木村さんは信頼するに足る人物だ。
木村先生是個值得信賴的人。

➤ 性格といい成績といい、彼は推薦するに足る学生だろう。
個性也好、成績也好，他是個值得推薦的學生吧！

➤ ウーロン茶は誇るに足る名産だ。
烏龍茶是足以自豪的名產。

461 **〜につけ〜につけ** ♠ N1

意義 無論〜；不管〜

連接 【常體】＋につけ＋【常體】＋につけ

例句

➤ 兄弟は良きにつけ悪きにつけ比較されがちだ。
兄弟無論好壞都容易被拿來比較。

➤ 祖母は体の調子がいいにつけ悪いにつけ、
神社に行って手を合わせている。
祖母無論身體好壞，都會去神社拜拜。

➤ いいにつけ悪いにつけ子供は親の影響を受けるものだ。
無論好壞，小孩都會受到父母的影響。

462 **〜にとどまらず** ♠ N1

意義 不僅〜還〜

連接 【動詞辭書形・名詞】＋にとどまらず

例句

➤ 老人、子供にとどまらず、若者までインフルエンザに感染した。
不只老人、小孩，連年輕人都感染了流感。

➤ そのアイドルグループの人気は韓国だけにとどまらず、
アジアの国々にも広まった。
那個偶像團體的人氣不僅是韓國，還遍及亞洲各國。

➤ その流行は大都市にとどまらず、地方にも広がっていった。
那個流行不只大都市，還擴大到了鄉下地方。

463 ～には及ばない

意義　用不著～；不需要～

連接　【動詞辭書形・名詞】＋には及ばない

例句

➤ あなたがわざわざ行くには及ばない。
你不需要特地前去。

➤ そんなことはわざわざ説明するには及ばない。
那種事情不需要特地說明。

➤ もう大丈夫ですから、ご心配には及びません。
已經沒事了，您不需要擔心。

464 ～にひきかえ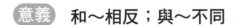

意義　和～相反；與～不同

連接　【名詞】＋にひきかえ

例句

➤ 兄にひきかえ、弟はとてもおとなしい。
和哥哥相反，弟弟非常乖。

➤ 冷夏だった去年にひきかえ、今年はとても暑い。
和去年的冷夏不同，今年非常熱。

➤ 去年にひきかえ、今年は大変好調だ。
和去年相反，今年相當順利。

一、初級篇（N4、N5）

二、中級篇（N2、N3）

三、高級篇（N1）

附錄

465 ～にもまして N1

意義 更加～

連接 【名詞】＋にもまして

例句

➤ 以前にもまして、彼は日本語の勉強に励んでいる。
以前（いぜん） 彼（かれ） 日本語（にほんご） 勉強（べんきょう） 励（はげ）
他比以前還努力地學日文。

➤ 試験に受かったことが、何にもましてうれしい。
試験（しけん） 受（う） 何（なに）
考試考上了，比什麼都還開心。

➤ 以前にもまして、不安感が募る。
以前（いぜん） 不安感（ふあんかん） 募（つの）
比以前更感到不安。

466 ～にもほどがある N1

意義 ～也要有分寸；～也要有限度

連接 【常體】＋にもほどがある

例句

➤ いたずらにもほどがある。
惡作劇也要有限度。

➤ 冗談にもほどがある。
冗談（じょうだん）
開玩笑也要有分寸。

➤ 人をばかにするにもほどがある。
人（ひと）
瞧不起人也要有限度。

467 ～の至り N1

意義 ～之至；非常～

連接 【名詞】＋の至り

例句

➤ 皆さんが出席してくださいまして、感激の至りです。
各位能夠出席，我真是非常感動。

➤ この賞をいただきまして、光栄の至りでございます。
得到這個獎，真是光榮之至。

➤ お忙しいところをお邪魔して、恐縮の至りです。
百忙之中打擾您，惶恐之至。

468 ～の極み N1

意義 極為～

連接 【名詞】＋の極み

例句

➤ この世の幸せの極みとは何でしょうか。
這世上最幸福的事是什麼呢？

➤ ここで断念するのは遺憾の極みだ。
在這裡放棄，真是非常遺憾。

➤ 何10万円もするバッグを買うなんて、ぜいたくの極みだ。
連要幾十萬的包包也買，真是奢侈到了極點。

469 ～のやら～のやら ♠ N1

意義 是～還是～

連接 【動詞常體・イ形容詞常體・ナ形容詞＋な】＋のやら＋
【動詞常體・イ形容詞常體・ナ形容詞＋な】＋のやら

例句

➤ 太郎は部屋にいるけど、勉強しているのやら、
していないのやら、まったくわからない。
太郎雖然在房間裡，但是是在讀書還是沒在讀書，完全不知道。

➤ やりたいのやら、やりたくないのやら、
あの人の気持ちはよくわからない。
是想做還是不想做，他的想法真是搞不懂。

➤ いいのやら悪いのやら、仕事がないので毎日友だちと遊んでいる。
不知是好還是壞，因為沒工作，每天跟朋友在玩。

470 ～はおろか ♠ N1

意義 不用說～連～

連接 【名詞】＋はおろか

例句

➤ 彼は日本に5年もいたのに、簡単な会話はおろか、
日本語であいさつもできない。
他明明待在日本也有五年了，但是不要說簡單的對話，
就連用日文打招呼都不會。

➤ 私は家はおろか、車も買えない。
我不要說房子，連車子都買不起。

➤ 金はおろか、命まで奪われた。
不要說錢，連命也被奪走了。

(471) ～はさておき N1

(意義) ～先不提；～先擺一邊

(連接) 【名詞】＋はさておき

(例句)

➤ 仕事の問題はさておき、今の彼には健康を取り戻すことが第一だ。
工作的問題先擺一邊，對於現在的他來說，恢復健康是當務之急。

➤ 冗談はさておき、本題に移りたい。
先不開玩笑，我想直接進入正題。

➤ この話はさておき、教科書を見てください。
這件事先不談，請看課本。

(472) ～ばこそ N1

(意義) 正因為～才～

(連接) 【動詞假定形】＋こそ

(例句)

➤ あなたの将来のことを考えればこそ、こんなに厳しく言うのだ。
正因為想到你的將來，才會說得這麼嚴厲。

➤ 子供のことを思えばこそ、我慢してきた。
就是因為考慮到孩子，才忍到現在。

➤ 今までの努力があればこそ、今の成功があるのだ。
正因為一直努力到現在，才會有今日的成功。

473 ～ばそれまでだ ♠ N1

意義 ～的話～就完了；～的話～就沒用了

連接 【動詞假定形】＋それまでだ

例句

➤ 携帯は水にぬれればそれまでだ。
手機被水弄濕的話就完了。

➤ どんなにいい辞書があっても、使わなければそれまでだ。
不管有多好的字典，如果不使用，那也沒用。

➤ いくら一生懸命講義のノートをとっても、
勉強しなければそれまでだ。
再怎麼認真地記上課筆記，如果不讀書也沒用。

---

474 ひとり～のみならず ♠ N1

意義 不僅～（較句型 **392**「ただ～のみならず」文言）

連接 ひとり＋【動詞常體・イ形容詞常體・名詞・ナ形容詞】＋のみならず

例句

➤ ごみの問題は、ひとりわが国のみならず、全世界の問題でもある。
垃圾問題不僅是我國，也是全世界的問題。

➤ その問題は、ひとり田中さんが抱えているのみならず、
社員全体にも共通の問題である。
那個問題不是只有田中先生有，也是全體員工共通的問題。

➤ 喫煙は、ひとり本人に有害であるのみならず、
周囲の者にとっても同様である。
抽菸，不只對自己有害，對周圍的人也一樣。

一、初級篇（N4、N5）

二、中級篇（N2、N3）

三、高級篇（N1）

附錄

475 ～ぶる ♠ N1

意義　裝作～

連接　【イ形容詞（～い）・名詞・ナ形容詞】＋ぶる

例句

➤ 田中さんは悪ぶっているが、実は気が弱い。
田中先生裝得很壞，但其實很懦弱。

➤ デートだから、上品ぶって少ししか食べなかった。
因為是約會，所以裝作很高雅，只吃了一點點。

➤ 兄は学者ぶって解説を始めた。
哥哥擺出學者的架式開始解說。

476 ～べからざる ♠ N1

意義　不應該～；不可～（表禁止，後面要接名詞）

連接　【動詞辭書形】＋べからざる＋【名詞】

例句

➤ それは許すべからざる行為だ。
那是不可原諒的行為。

➤ 川端康成は日本の文学史上、欠くべからざる作家だ。
川端康成是日本文學史上不可或缺的作家。

➤ この商品は生活に欠くべからざるものだ。
這項產品是生活中不可或缺的東西。

一、初級篇（N4、N5）

二、中級篇（N2、N3）

三、高級篇（N1）

附錄

(477) ～べからず N1

意義 禁止～；不可以～（表禁止，使用於句尾）

連接 【動詞辭書形】＋べからず
（「する」常用「すべからず」形式）

例句

➤ 「芝生に入るべからず」
「禁止進入草坪。」

➤ 「人のものを盗むべからず」
「不可以偷別人的東西。」

➤ 「作品に触るべからず」
「不可以觸摸作品。」

(478) ～べく N1

意義 為了～（表目的）

連接 【動詞辭書形】＋べく（「する」常用「すべく」形式）

例句

➤ 日本文学を研究すべく、留学する。
為了研究日本文學而留學。

➤ 田村さんを見舞うべく、病院に行く。
為了探望田村先生而去醫院。

➤ 成功すべく、全力を尽くす。
為了成功，全力以赴。

479 〜べくもない N1

 意義　不可能〜；沒辦法〜

連接　【動詞辭書形】＋べくもない

 例句

➤ この安月給ではマイホームなんか買うべくもない。
這麼低的月薪要買自己的房子是辦不到的。

➤ 川端康成が日本を代表する作家であることは、疑うべくもない。
川端康成是代表日本的作家是不容懷疑的。

➤ この成績ではT大合格など、望むべくもない。
這個成績要考上T大學是沒希望的。

 480 〜まじき N1

 意義　不應該〜；不可以〜

連接　【動詞辭書形】＋まじき＋【名詞】
（「する」常用「すまじき」形式）

 例句

➤ それは学生としてあるまじき行為だ。
那是身為學生不應有的行為。

➤ あの大臣は言うまじきことを言ってしまい、辞職に追いやられた。
那位大臣說了不該說的話，被迫辭職了。

➤ 社長の命令を無視するとは、社員にあるまじき態度だ。
無視社長的命令，是員工不該有的態度。

一、初級篇（N4、N5）

二、中級篇（N2、N3）

三、高級篇（N1）

附錄

269

⑷⑻⑴ ～までだ ／ ～までのことだ ♠ N1

意義 ①只是～　②只好～

連接 ①【動詞常體】＋までだ・までのことだ
②【動詞辭書形】＋までだ・までのことだ

例句

➤ 本当のことを言った<u>までで</u>、特別な意味はない。
我只是說真話，沒什麼特別的意思。

➤ 大雪で電車が止まったら、歩いて帰る<u>までだ</u>。
電車因大雪而停開的話，只好走路回家。

➤ やってみて、できなければやめる<u>までのことだ</u>。
做做看，如果不行的話，只好罷手。

⑷⑻⑵ ～までもない ♠ N1

意義 不需要～；用不著～

連接 【動詞辭書形】＋までもない

例句

➤ 簡単だから、わざわざ説明する<u>までもない</u>。
因為很簡單，所以不需要刻意說明。

➤ 電話で済むのなら、会って相談する<u>までもない</u>。
如果用電話就可以解決的話，就用不著見面談。

➤ そんなことは言う<u>までもない</u>。
那種事不用說。

 **483 ～まみれ** N1

 意義 滿是～；全是～

 連接 【名詞】＋まみれ

例句

➤ 事故現場に負傷者が血まみれになって倒れている。
傷者滿身是血地倒在意外現場。

➤ 工事現場で汗まみれになって働いている。
在工地滿身是汗地工作著。

➤ 子供たちは公園で泥まみれになって遊んでいる。
小孩子們在公園玩得滿身泥巴。

 **484 ～めく** N1

 意義 變成～；好像～的樣子

 連接 【名詞】＋めく

例句

➤ 彼の言い方には皮肉めいたところがある。
他的講話方式，有點諷刺的感覺。

➤ 日ごとに春めいてきた。
每天愈來愈有春天的感覺。

➤ あそこに謎めいた女性が立っている。
那裡站著一位謎樣的女子。

(485) 〜もさることながら ♠ N1

意義 〜就不用說了；〜也不容忽視

連接 【名詞】＋もさることながら

例句

➤ あのレストランは料理もさることながら、眺めもすばらしい。
那家餐廳的菜沒話說，風景也很棒。

➤ 彼は英語もさることながら、日本語も堪能だ。
他英文沒話說，日文也很棒。

➤ 親の期待もさることながら、学校の先生からの期待も大きい。
不用說父母的期待，學校老師也有相當大的期待。

(486) 〜ものを ♠ N1

意義 明明〜可是〜（表逆態接續）

連接 【名詞修飾形】＋ものを

例句

➤ すぐに病院に行けばいいものを、行かなかったから、
ひどくなってしまった。
明明立刻去醫院就好了，但是因為沒有去，結果變嚴重了。

➤ 早く来てくれればいいものを……。
你早一點來就好了呀……。

➤ やればできるものを、やらなかった。
如果做的話就做得到，但是沒做。

一、初級篇（N4、N5）

二、中級篇（N2、N3）

三、高級篇（N1）

附錄

487 ～や否や / ～や N1

意義 一～就～

連接 【動詞辭書形】＋や否や・や

例句

➤ 車が止まるや否や飛び降りた。
車子剛停，就立刻跳下車。

➤ 部長は事務室に戻るや否や、あちこちに電話をかけ始めた。
部長一回到辦公室，就開始到處打電話。

➤ 太郎は起きるや飛び出していった。
太郎一起床就衝出門了。

488 ～ゆえに / ～ゆえの N1

意義 由於～（表原因）

連接 【名詞修飾形】＋ゆえに・ゆえの
（ナ形容詞後的「な」、名詞後的「の」常省略）

例句

➤ 体が弱いゆえに、よく休む。
由於身體不好，所以常常請假。

➤ 彼女は優しすぎるゆえに、いつも悩んでいる。
由於她太替人著想了，所以總是很煩惱。

➤ 家が貧しいゆえに、進学できない。
由於家貧，無法升學。

一、初級篇（N4、N5）

二、中級篇（N2、N3）

三、高級篇（N1）

附錄

489 ～をおいて N1

意義 除了～以外沒有～

連接 【名詞】＋をおいて

例句

➤ この仕事をやれる人は彼をおいて、ほかにはいないだろう。
能做這個工作的人除了他以外，沒有別人了吧！

➤ 先輩をおいて、ほかに相談する人はいない。
除了學長，沒有其他人可以商量。

➤ 彼女をおいて、適任者はいない。
除了她以外，沒有合適的人。

490 ～を限りに N1

意義 以～為限；～為止

連接 【名詞】＋を限りに

例句

➤ 今日を限りに、タバコをやめることにした。
決定到今天為止，不要再抽菸了。

➤ 「助けて！」と、彼女は声を限りに叫んだ。
她大聲地叫：「救命呀！」

➤ 卒業を限りに、まったく連絡し合わなくなったクラスメートもいる。
也有畢業後就互相沒再聯絡過的同學。

491 ～を兼ねて N1

意義 兼～

連接 【名詞】＋を兼ねて

例句

➤ 観光を兼ねて、ヨーロッパへ研修に行った。
去歐洲研習順便觀光。

➤ 趣味と実益を兼ねて、日本語を勉強している。
兼具興趣及實質的利益而學日文。

➤ 体育館が集会場を兼ねている。
體育館兼做禮堂。

492 ～を皮切りに（して） ／ ～を皮切りとして N1

意義 以～為開端

連接 【名詞】＋を皮切りに（して）・を皮切りとして

例句

➤ 田中さんの発言を皮切りにして、みんなが次々に意見を言った。
從田中先生的發言開始，大家一個接著一個地說了意見。

➤ あのピアニストは大阪を皮切りに、各地で演奏会を開く。
那位鋼琴家從大阪開始，要在各地舉行演奏會。

➤ 京都会議の開催を皮切りに、各国の環境問題への関心が高まった。
從召開京都會議開始，各國對於環境問題的關注升高了。

(493) **～を禁じ得ない** N1

意義 禁不住～；不禁～

連接 【名詞】＋を禁じ得ない

例句

➤ 今回の国の対応には、疑問を禁じ得ない。
這次國家的對應，不禁讓人產生疑問。

➤ 元首相の突然の訃報に、国民は驚きを禁じ得なかった。
聽到前首相突然的訃報，國民不禁驚訝萬分。

➤ この不公平な判決には、怒りを禁じ得ない。
對於這個不公平的判決，不禁相當憤怒。

(494) **～を踏まえて** N1

意義 依據～；按照～

連接 【名詞】＋を踏まえて

例句

➤ 前回の議論を踏まえて、議事を進めます。
依照前次的討論進行議事。

➤ 調査結果を踏まえて報告書をまとめる。
根據調查結果匯整成報告書。

➤ 実際に起こった出来事を踏まえて、
ドキュメンタリー映画が作られた。
依照實際發生的事情製作了紀錄片。

(495) ～をもって N1

意義 以～；用～

連接 【名詞】＋をもって

例句

➤ 彼女は優秀な成績をもって卒業した。
她以優秀的成績畢業了。

➤ 本日の営業は午後9時をもって終了させていただきます。
今天的營業將在晚上九點結束。

➤ これをもって閉会とします。
會議到此為止結束。

(496) ～をものともせずに N1

意義 不在乎～

連接 【名詞】＋をものともせずに

例句

➤ 周囲の批判をものともせずに、彼は実験を続けた。
不在乎周遭的批評，他持續實驗。

➤ 田中選手はひざのけがをものともせずに、試合に出場した。
田中選手不在乎膝蓋的傷，出場比賽了。

➤ 彼女は親の反対をものともせずに、留学を決めた。
她不在乎父母的反對，決定留學了。

一、初級篇（N4、N5）

二、中級篇（N2、N3）

三、高級篇（N1）

附錄

497 〜を余儀なくされる / 〜を余儀なくさせる N1

意義 不得已〜；不得不〜

連接 【名詞】＋を余儀なくされる・を余儀なくさせる

例句

➤ 父親の死は、太郎の退学を余儀なくさせた。
父親的死，讓太郎不得不休學。

➤ マラソン大会は、台風のために中止を余儀なくされた。
因為颱風，馬拉松賽不得不中止。

➤ 会社に大損害を与えた部長は、辞任を余儀なくされた。
給公司帶來很大損害的部長，不得不辭職。

498 〜をよそに N1

意義 不顧〜；無視〜

連接 【名詞】＋をよそに

例句

➤ あの子は親の心配をよそに、遊んでばかりいる。
那孩子不管父母的擔心，成天都在玩。

➤ 住民の不安をよそに、ダムの建設が始まった。
無視居民的不安，水庫的建設開始了。

➤ 彼は親の期待をよそに、大手企業を退職し、小さな店を開いた。
他不顧父母的期待，離開了大企業，開了一家小店。

499 ～んがため

意義 為了要～

連接 【動詞ない形（～ない）】＋んがため

（例外：「する」要變成「せんがため」）

例句

➤ 試験に受からんがために、一生懸命勉強している。

為了要考上，拚命讀著書。

➤ これは生きんがための仕事だ。

這是為了生活的工作。

➤ 親は子供の命を救わんがために、危険を冒す。

父母為了救小孩的性命而冒險。

---

500 ～んばかりに N1

意義 差點要～

連接 【動詞ない形（～ない）】＋んばかりに

（例外：「する」要變成「せんばかりに」）

例句

➤ 彼は「早く帰れ」と言わんばかりに、横を向いてしまった。

他就像差點就要說「快點滾！」一樣地撇過頭去。

➤ 花子は泣かんばかりに、「さようなら」と言いながら、
別れて行った。

花子眼睛含著淚水說著「再見」離去。

➤ 今にも土下座せんばかりに、頭を下げて何度も頼んだ。

就好像快要跪下般地不斷低頭拜託。

memo

附錄
日語中各詞類的變化

學習日語，一定會接觸到各式詞類的接續或變化。倘若可以釐清日語各詞類的肯定、否定、現在式、過去式的各種變化，以及相互修飾、連接時的語尾變化，學習之路就會更順暢。以下整理出日語名詞、イ形容詞、ナ形容詞、動詞的變化方式，幫助讀者可以迅速理解各詞類的變化規則。

一、名詞

◎肯定、否定與時態變化

1. 名詞（常體）

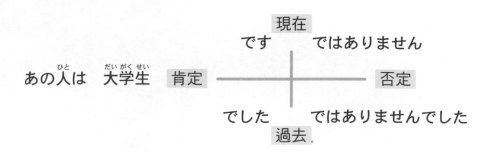

2. 名詞（敬體）

◎名詞與其他詞類連接

　　名詞除了上述四個語尾變化以外，還要注意與各種詞類的連接方式。

1. 名詞＋の＋名詞

➤ あの人は　日本人の先生です。

他是日籍老師。

2. 名詞＋に＋動詞

➤ 花子さんは　大学生に　なりました。

花子小姐成為大學生了。

◎名詞語尾整理

語幹	語尾變化	
日本人	だ	（現在式肯定）
	ではない	（現在式否定）
	だった	（過去式肯定）
	ではなかった	（過去式否定）
	に	＋動詞
	の	＋名詞

二、イ形容詞

◎肯定、否定與時態變化

1. イ形容詞（常體）

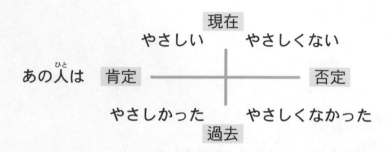

現在
やさしい　　やさしくない
あの人（ひと）は　肯定 ——————— 否定
やさしかった　やさしくなかった
過去

2. イ形容詞（敬體）

現在
やさしい　　やさしくない
あの人（ひと）は　肯定 ——————— 否定　＋　です
やさしかった　やさしくなかった
過去

　　イ形容詞敬體句型的現在式否定除了「～くないです」外，還可用「～くありません」來表示。因此「やさしくありません」就等於「やさしくないです」。

　　　　やさし<u>くありません</u>　＝　やさし<u>くないです</u>

◎イ形容詞與其他詞類連接

　　イ形容詞除了上述四個語尾變化以外，還要注意與各種詞類的連接方式。

1. イ形容詞＋~~い~~くて＋形容詞

規則：「去い加くて」

$$大きい　→　大きくて$$

➤ このいちごは　大き<u>くて</u>　甘いです。
　這個草莓又大又甜。

2. イ形容詞＋名詞

規則：不加任何字，不做任何改變，直接可以修飾名詞。

➤ 大きい~~の~~花（錯誤！！）
➤ 大きい花（正確！！）

注意！華人總是會不小心地在後面加上「の」，所以請多注意。「の」是日文裡名詞和名詞連接的方式，和形容詞沒有關聯。

3. イ形容詞＋~~い~~く＋動詞

規則：「去い加く」

$$大きい　→　大きく$$

➤ 字を　大き<u>く</u>　書きます。
　把字寫得大大的。

◎イ形容詞語尾整理

語幹	語尾變化	
大_{おお}き	い くない かった くなかった	（現在式肯定） （現在式否定） （過去式肯定） （過去式否定）
	くて	＋形容詞
	く	＋動詞
	い	＋名詞

三、ナ形容詞

◎肯定、否定與時態變化

1. ナ形容詞（常體）

2. ナ形容詞（敬體）

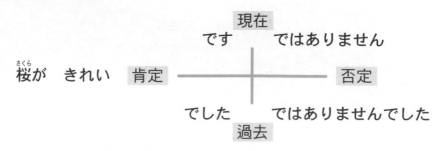

◎ナ形容詞與其他詞類連接

　　ナ形容詞除了注意以上四種語尾變化外，還要注意和各詞類的連接方式。

1. ナ形容詞＋で＋形容詞

　➤ あの先生は　きれい<u>で</u>　親切です。
<ruby>先生<rt>せんせい</rt></ruby> <ruby>親切<rt>しんせつ</rt></ruby>
　　那位老師又漂亮又親切。

2. ナ形容詞＋な＋名詞

　➤ あそこに　きれい<u>な</u>　女の子が　います。
<ruby>女<rt>おんな</rt></ruby> <ruby>子<rt>こ</rt></ruby>
　　那裡有漂亮的女孩子。

3. ナ形容詞＋に＋動詞

　➤ 花が　きれい<u>に</u>　咲きます。
<ruby>花<rt>はな</rt></ruby> <ruby>咲<rt>さ</rt></ruby>
　　花開得很漂亮。

◎ナ形容詞語尾整理

語幹	語尾變化	
きれい	だ	（現在式肯定）
	ではない	（現在式否定）
	だった	（過去式肯定）
	ではなかった	（過去式否定）
	で	＋形容詞
	に	＋動詞
	な	＋名詞

四、動詞

　　要了解動詞變化，要先知道如何動詞分類，下表中（ ）部分表示的是傳統文法，也就是「國文法」的動詞分類用語。由於某些讀者過去學的是傳統文法，所以一併列出讓讀者對照。

◎動詞分類

日本語教育文法（國文法）		動詞例
Ｉ類動詞（五段動詞）		書きます、待ちます、読みます
Ⅱ類動詞 （一段動詞）	iます （上一段動詞）	います、起きます、見ます
	eます （下一段動詞）	食べます、寝ます、掛けます
Ⅲ類動詞（力變‧サ變動詞）		来ます、します、勉強します

　　上面表格中框起來的部分稱為「ます形」。在現代日語教育文法中，大多以「ます形」來進行動詞的分類，同時「ます形」也成為動詞變化的基礎。請讀者們務必記住，將動詞語尾的「ます」去掉，就成為該動詞的「ます形」（「ます形」在傳統日語文法中稱為「連用形」）。

```
動詞  →  ます形
食べます  →  食べ
```

　　屬於III類動詞的有「来ます」、「します」、以及其他「名詞＋します」的漢語動詞。對學習者來說，最困難的應該是如何區別I類動詞和II類動詞。請先注意I類動詞的「ます形」結尾，所有I類詞的「ます形」結尾均是「i段」音結束；而II類動詞的「ます形」結尾則有「i段」音、「e段」音兩種。所以，只有II類動詞的「ます形」才會以「e段」結束，例如：「食べ」、「寝」、「掛け」等等。因此，可以得到一個結論：

「ます形」結尾是「e段」的動詞為II類動詞

　　但是，「ます形」結尾是「i段」的動詞要怎麼區別呢？在初級日語的階段，「i段」結尾的II類動詞並不多。所以只要將下列「i段」結尾的II類動詞記住，其他的動詞自然就是I類動詞。等到學得更多更久，其他偏難的字也都分得出來了。

「iます」結尾的II類動詞

動詞	中譯	動詞	中譯
浴びます	浴；淋	着ます	穿
います	在；有	過ぎます	超過
生きます	活著	信じます	相信
起きます	起床	足ります	足夠
落ちます	掉落	できます	會；能

動詞	中譯	動詞	中譯
降<ruby>お</ruby>ります	下車	似<ruby>に</ruby>ます	相似
借<ruby>か</ruby>ります	借（入）	見<ruby>み</ruby>ます	看

◎動詞變化

I 類動詞

動詞例	五段變化	接尾語	動詞變化	名稱
書きます （書寫）	書か＋	ない	書かない	ない形
		れる	書かれる	被動形
		せる	書かせる	使役形
	書き＋	──	書き	ます形
	書く＋	──	書く	辭書形
		な	書くな	禁止形
		まい	書くまい	まい形
	書け＋	る	書ける	能力形
		ば	書けば	假定形
		──	書け	命令形
	書こ＋	う	書こう	意向形
	音變＋	て	書いて	て形
		た	書いた	た形

* まい形為意向形否定用法

一、初級篇（N4、N5）

二、中級篇（N2、N3）

三、高級篇（N1）

附錄

1. ます形：

將動詞語尾「ます」去除，即成為「ます形」。

書_かきます	→	書_かき
読_よみます	→	読_よみ

➤ お酒_{さけ}を　飲_のみながら、話_{はな}します。
一邊喝著酒，一邊聊天。

2. 辭書形：

將ます形結尾由原本的「i段音」改為「u段音」，即成為「辭書形」。

書_かきます	→	書_かく
読_よみます	→	読_よむ

➤ 李_りさんは　泳_{およ}ぐことが　できます。
李先生會游泳。

3. 禁止形：

在辭書形後加上「な」，即成為禁止形。

書_かく	→	書_かくな
話_{はな}す	→	話_{はな}すな

➤ 動_{うご}くな。
不要動！

4. まい形：

在辭書形後加上「まい」，即成為まい形。

書く	→	書くまい
話す	→	話すまい

> 行くまい。
> 我不想去！

5. ない形：

　　將「ます形」結尾的音改為「a段音」，再加上「ない」，即成為「ない形」。若結尾是「い」時（例如「会います」、「習います」），要變成「わ」，然後再加「ない」。此外，「あります」的「ない形」，不是「あらない」，而是「ない」。請當做例外記下來。

書きます	→	書かない
会います	→	会わない
あります	→	ない

> タバコを　吸わないで　ください。
> 請不要抽菸。

6. 被動形：

　　將「ます形」結尾的音改為「a段音」，再加上「れる」，即成為「被動形」。若結尾是「い」時（例如「会います」、「習います」），要變成「わ」，然後再加「れる」。

$$
\begin{array}{l}
\overset{か}{書}きます　→　\overset{か}{書}かれる \\
\overset{あ}{会}います　→　\overset{あ}{会}われる
\end{array}
$$

➤ 　\overset{り}{李}さんは　\overset{いぬ}{犬}に　\overset{あし}{足}を　\overset{か}{噛}まれた。
李先生被狗咬到了腳。

7. 使役形：

　　將「ます形」結尾的音改為「a段音」，再加上「せる」，即成為「使役形」。若結尾是「い」時（例如「会います」、「習います」），要變成「わ」，然後再加「せる」。

$$
\begin{array}{l}
\overset{か}{書}きます　→　\overset{か}{書}かせる \\
\overset{あ}{会}います　→　\overset{あ}{会}わせる
\end{array}
$$

➤ 　\overset{せんせい}{先生}は　\overset{り}{李}さんを　\overset{た}{立}たせた。
老師要李同學站起來。

8. 能力形：

將「ます形」結尾的音改為「e段音」，再加上「る」，即成為能力形。

書きます	→	書ける
書きます	→	書ける

➤ 李さんは　かたかなが　読める。
李先生會唸片假名。

9. 假定形：

將「ます形」結尾的音改為「e段音」，再加上「ば」，即成為「假定形」。

書きます	→	書けば
買います	→	買えば

➤ 国会図書館へ　行けば、その本が　借りられます。
去國會圖書館的話，就借得到那本書。

10. 命令形：

將「ます形」結尾的音改為「e段音」，即成為「命令形」。

書きます	→	書け
急ぎます	→	急げ

➤ 走れ。
跑！

11. 意向形：

　　將「ます形」結尾的音改為「o段音」，再加上「う」，即成為「意向形」。

書きます　→　書こう

がんばります　→　がんばろう

> ビールを　飲もう。
> 喝啤酒吧！

12. て形：

　　Ｉ類動詞的「て形」變化需要「音變」（日文為「音便」，指的是為了發音容易，而進行的變化），其變化方式看似複雜，但只要熟記以下規則，當作口訣多複誦幾次，任何Ｉ類動詞都能輕鬆變成「て形」。

ます形結尾「い」「ち」「り」　→　促音變

ます形結尾「み」「び」「に」　→　鼻音變

ます形結尾「き」　→　い音變

ます形結尾「し」　→　無音變

促音變：「い」「ち」「り」　→　「って」

会います　→　会って

待ちます　→　待って

入ります　→　入って

鼻音變：「み」「び」「に」　→　「んで」

　　　飲みます　→　飲んで

　　　遊びます　→　遊んで

　　　死にます　→　死んで

い音變：「き」　→　「いて」（「ぎ」　→　「いで」）

　　　書きます　→　書いて

　　　泳ぎます　→　泳いで

無音變：「し」　→　「して」

　　　出します　→　出して

　　　返します　→　返して

例外：行きます　→　行って（唯一的例外，請務必牢記）

➤ <u>立って</u>　ください。
　　請站起來。

13. た形：

　　音變和「て形」相同，因此只要將以上「て形」的「て」改成「た」，即成為「た形」。

➤ 風邪の時は　薬を　飲んだほうが　いいです。
　　感冒時，吃點藥比較好。

II 類動詞

動詞例	ます形	接尾語	動詞變化	名稱
起きます （起床）	起き＋	ない	起きない	ない形
		られる	起きられる	被動形
		させる	起きさせる	使役形
		——	起き	ます形
		る	起きる	辭書形
		るな	起きるな	禁止形
		るまい	起きるまい	まい形
		られる	起きられる	能力形
		れば	起きれば	假定形
		ろ	起きろ	命令形
		よう	起きよう	意向形
		て	起きて	て形
		た	起きた	た形

* II 類動詞的まい形除了辭書形後加上「まい」以外，也可以是ます形後加「まい」，也就是「起きるまい」、「起きまい」都是「起きます」的まい形。

    II 類動詞的動詞變化沒有音變，只要在「ます形」後加上「る」就成為「辭書形」；加上「ない」就成為「ない形」；加上「て」就成為「て形」；加上「た」就成為「た形」；加上「させる」就成為「使役形」；加上「れば」就成為「假定形」；加上「ろ」就

成為「命令形」；加上「よう」就成為「意向形」；加上「られる」就成為「被動形」或是「能力形」。也就是II類動詞的動詞變化中，「被動形」及「能力形」是以同一形態呈現。此外，在辭書形後加上「な」就成為「禁止形」。

III類動詞

	動詞變化	名稱
来ます （來）	来ない	ない形
	来られる	被動形
	来させる	使役形
	来	ます形
	来る	辭書形
	来るな	禁止形
	来るまい	まい形
	来られる	能力形
	来れば	假定形
	来い	命令形
	来よう	意向形
	来て	て形
	来た	た形

*「来ます」的まい形除了「来るまい」，還可以是「来まい」。

	動詞變化	名稱
します（做）	しない	ない形
	される	被動形
	させる	使役形
	し	ます形
	する	辭書形
	するな	禁止形
	するまい	まい形
	できる	能力形
	すれば	假定形
	しろ	命令形
	しよう	意向形
	して	て形
	した	た形

*「します」的まい形除了「するまい」，還可以是「すまい」、「しまい」。

　　III類動詞較不規則，不過只有「来ます」、「します」兩個字，請個別記住。尤其要注意「来ます」各種變化時漢字讀音的差異。此外，和II類動詞一樣，「来ます」的「被動形」和「能力形」相同，都是「来られる」，請小心。

國家圖書館出版品預行編目資料

新日檢句型‧文法，一本搞定！/ 林士鈞著
--初版--臺北市：瑞蘭國際,2014.08
304面；17 x 23公分 --（檢定攻略系列；37）
ISBN：978-986-5953-84-3（平裝附光碟片）

1.日語 2.句法 3.能力測驗

803.189   103014599

檢定攻略系列 37

新日檢
句型‧文法，一本搞定！

作者｜林士鈞

總策劃｜元氣日語編輯小組

責任編輯｜葉仲芸、王愿琦

校對｜林士鈞、葉仲芸、王愿琦

特約審稿｜こんどうともこ

日文錄音｜こんどうともこ‧錄音室｜純粹錄音後製有限公司

封面設計｜劉麗雪‧版型設計、內文排版｜陳如琪

印務｜王彥萍

董事長｜張暖彗‧社長兼總編輯｜王愿琦

主編｜王彥萍‧主編｜葉仲芸‧編輯｜潘治婷‧美術編輯｜余佳憓

業務部副理｜楊米琪‧業務部專員｜林湲洵‧業務部助理｜張毓庭

出版社｜瑞蘭國際有限公司‧地址｜台北市大安區安和路一段104號7樓之1

電話｜(02)2700-4625‧傳真｜(02)2700-4622‧訂購專線｜(02)2700-4625

劃撥帳號｜19914152 瑞蘭國際有限公司‧瑞蘭網路書城｜www.genki-japan.com.tw

總經銷｜聯合發行股份有限公司‧電話｜(02)2917-8022、2917-8042

傳真｜(02)2915-6275、2915-7212‧印刷｜宗祐印刷有限公司

出版日期｜2014年08月初版1刷‧定價｜360元‧ISBN｜978-986-5953-84-3

瑞蘭國際